すずの木くろ
SUZUNOKI KURO
バフ持ち転生貴族の
辺境領地開発記

メリル
フィン
フィブリナ
ハミュン
登場人物紹介

スノウ
エヴァ

「フィン、でかしたぞ！
よくやってくれた!!」
ロッサ
オーランド

バフ持ち転生貴族の辺境領地開発記

Contents

プロローグ

深夜。

しんと静まり返った駅のホームを、作業服姿の二人の男が歩いていた。

二人ともヘッドライト付きの黄色い安全ヘルメットを被り、手には図面の収まったファイルを持っている。

「先輩、元気出してくださいよ。この世の終わりじゃないんですから」

歩きながら、年下と見える若い男が隣を歩く男に話しかける。

先輩と呼ばれた男は顔がやつれており、疲れ切っている様子だ。

「世界の人口の半分は女なんですよ？　出会いなんて、またいくらでもありますって！」

「お前な、こちとら学生時代から付き合ってきた彼女に、クリスマス前日に別れを告げられたんだぞ？　そう簡単に吹っ切れるわけがないだろうが」

「いや、まあ、そりゃそうなんですが……。先輩、最近酷い顔をしてますよ。元カノを忘れられないにしても、気分転換とかしてリフレッシュしたらどうですか？」

「リフレッシュならしてるよ。毎日仕事から帰ってから、日が昇るまで『ディスカバリープラネット』を観て楽しんでるからさ。はは」

乾いた笑いを浮かべる男に、若い男が呆(あき)れた顔になる。

「いや、それリフレッシュって言わないでしょ。毎日のように日付跨(また)いでるんですから、帰ったらちゃんと寝たほうがいいですよ。第一、素っ裸の人間が無人島で一カ月間生き抜くドキュメンタリーとか、古代文明の豆知識とかの番組を徹夜で見て何が面白いんですか。もっとアウトドアで健康的な趣味を持ってくださいよ」

「おま、あんな面白い番組、他にないぞ？　リフレッシュしろって言ったり、寝ろって言ったり、話に一貫性のないやつだな」

「だから、会社自体を何日か休んでリフレッシュしましょうって話ですよ。ちゃんと休んだほうがいいですって」

若い男が心底心配そうな顔をする。

「それに、先輩は他の人の仕事までサポートしようと手を広げすぎですよ。おかげで毎回助けられてますけど、働きすぎにも限度がありますって」

「俺は人のサポートをすることに喜びを感じる人間なんだよ。それに、この仕事が好きだしさ。仕事をしてるときが、一番心が安らぐんだ」

「『三十代で家が建つ。四十代で墓が建つ』って言われてるくらい、激務な職場なのにですか？」

「そうだよ。駅の改修工事が終わって竣工(しゅんこう)したときなんて、世の中のためになってるなって実感が湧(わ)くだろ？　こんなやりがいのある仕事、他にはないと思ってるんだ。ていうか、お前もこの会社に入ってきたなら、同じような感じなんだろ？」

「いや、俺は鉄道関係の会社ならまず潰れないと思ったから就職したクチなんで。こんな激務な職場だなんて、完全に想定外でしたけど」

そんな話をしながら、二人してホームを下りて線路に立つ。今日は、翌日に線路のレールを交換する箇所の点検作業に来たのだ。

あれこれ話しながら暗い線路を歩き、目的地を目指す。

「現在時刻、零時三十四分。次の貨物は一時二十五分で間違いないな？」

男が腕時計を確認し、若い男を横目で見る。

「はい。臨時貨物もなしですよ。連絡も入れてありますから、大丈夫です」

「よし、ぱぱっと済ませて、さっさとビジネスホテルに帰ろう」

「帰ったら、さっさと寝ましょうね」

「明日は朝から指令室の配置確認だしな。そうするよ」

しばらく歩き、電車がぎりぎり一両だけ通過できる幅の単線のトンネルに到着した。ヘッドライトを点け、二人でトンネル内を進む。

「うわ、薄暗いですね。オバケでも出そうな雰囲気ですよ」

若い男が、気味悪そうにトンネルの天井を見上げる。所々にオレンジ灯が灯っているだけなので、かなり暗く感じる。

「お前な、こんな駅のホームに隣接してるようなトンネルでそんなことを言ってたら、山の中を走ってるトンネルなんて……!?」

「先輩？　どうしました？」

「しっ！」

男がトンネルの奥を見つめながら、唇に指を当てる。

若い男も彼の視線の先に目を向けると、数秒して、ぎょっとした顔になった。

「走れ！」

男の叫びに、二人同時に走り出す。背後からは、ココン、ココン、という音が響き出した。

「おい！　この時間に貨物は来ないんじゃなかったのか!?」

走りながら、男が怒鳴る。

「ちゃんと確認しましたよ！　二十七日の零時三十分からのを！」

「バカ野郎！　今日は二十八日だろうが！」

「マジですか!?」

怒鳴り合いながらも二人は走り続け、トンネルの出口まであと少しのところまできた。

これならなんとか間に合うと男が安心しかけたとき、背後で人が倒れる音が響いた。

男が振り返ると、若い男が転倒し、もがきながらも起き上がろうとしていた。

「立て！　早く!!」

「す、すみません！」

男はすぐさま引き返し、若い男を引き起こす。ファーンと、背後から迫る貨物列車が警笛を鳴らした。

「ひ、ひいっ！」

悲鳴を上げる若い男。トンネル内に響く急ブレーキの耳障りな金属音。迫る列車のヘッドライトの白い光。出口まで、あと数メートル。

「うあああ！」

男が叫び、若い男を思い切り突き飛ばした。

直後、ドン！　という微かな音が、若い男の耳に響く。

「せ、先輩！」

トンネルの出口の先で、線路脇に倒れ込んだ若い男が振り返る。

そこには、ブレーキ音を響かせてすぐそばのトンネルの出口のところで止まろうとしている貨物列車があるだけだった。

第一話　ポンコツの祝福なし

ライサンダー家は、オーガスタ王国の王都オーガスタに隣接する領地を任されている中堅貴族である。

そんなライサンダー家の三男坊、フィン・ライサンダーは、幼少の頃、『神童』と呼ばれていた。

一歳で両親の言葉を理解しているらしいそぶりを見せ、その半年後には両親と論理立った会話ができるようになった。

二歳になる頃には一人で本を読むようになり、三歳の時点で二歳年上の次兄と四歳年上の長兄とともに家庭教師から勉学を教わるようになって、すさまじい勢いで知識を吸収していった。

その後もフィンの利発さは留まるところを知らず、五歳になった頃には王家から登用の話が持ちかけられた。

将来、この子はとんでもない大物になる。

皆がそう信じて疑わなかった。

だが、フィンが十八歳になった現在。

彼に対する周囲の評価は、幼少の頃とは真逆のものになっていた。

「おい、ポンコツの『祝福なし』。今日でお別れとなると、少し寂しいものがあるな」

王都の大聖堂で厳かに執り行われている、貴族学校の卒業式の最中。

フィンの隣に座る、金髪碧眼の見るからに利発そうな青年が、フィンにささやく。

フィンは無表情のまま、祝辞を述べる学長に目を向けたままだ。

「ドラン様。もう二度とこの間抜け面を拝めないとなると、それはそれで寂しいもんですね！」

「ヒヒッ、こいつのしょぼくれた顔は、何度見ても飽きないからなぁ」

ドランと呼ばれた青年の右隣に座る二人が、彼に同意するように言う。

フィンは貴族学校に入学してからというもの、彼ら三人に毎日のように嫌がらせを受けていた。

ドランは国内の有力貴族、トコロン家の跡取り息子だ。

隣の二人の名はボコとザジ。中流貴族出身で、ドランの腰ぎんちゃくだ。

「なあ、黙ってないで、少しは何か言ったらどうだ？」

「……別に何も話すことなんてないよ。卒業式くらい、放っておいてくれないかな」

「うわ、こいつ偉そうな口をききますね！『放っておいてくれ』ですって！」

「ヒヒッ、声が震えてるぞ。腰抜けフィン」

ボコとザジが小声で言いながら、クスクス笑う。

ドランは鼻で笑うと、フィンの足を思い切り踏みつけた。

フィンは痛みにわずかに顔をしかめながらも、平静を装う。

「おい、フィン。無能は無能らしく、ずっとそうやってやせ我慢して生きていけ。日陰者は日陰者らしくな」

「穀潰しとは、こいつのことを言うんですね！」

「根性もないし『祝福』もないんじゃ、どうしようもないよなぁ。ヒヒッ」

『祝福』とは、貴族の血を引くものであれば必ず持っている特殊能力のことだ。

父親の持つ祝福は、第一子の男子に完全遺伝する。

それ以外の子供たちには母親の持つ祝福が遺伝することもあれば、まったく別の祝福になることもある。だが、それは総じて長男よりも劣った能力が備わるとされていた。

しかしどういうわけか、フィンには祝福が備わっていなかった。

そのせいで周囲からは無能の烙印を押され、プライドの高い貴族の級友からはこうして蔑まれているのだ。

それに加え、五歳の時に従姉妹たちと遊んでいた折、崖から転落して頭を打ってしまってからは生来の利発さも失われ、まるで別人のように性格や立ち振る舞いまで変わってしまったのだった。

「学生諸君。この学び舎で身につけた貴族としての力を生かし、我らがオーガスタ王国のさらなる発展に尽力していただきたい。諸君に祝福の女神の加護があらんことを！」

学長が締めの挨拶をし、生徒全員が立ち上がる。

「「我らがオーガスタ王国に、さらなる発展を!!」」

全生徒の声が響き、式が終わった。

フィンにとっては拷問のような学園生活が、ついに終わりを告げたのだ。

◆
◆
◆

「おい、最後にちょっと付き合えよ。酒でも飲みに行こう。俺が奢ってやる」

大聖堂を出るやいなや、ドランがフィンに肩を組みながら言う。

「お、いいですね！　こいつがどこまで飲めるか、最後に試してみましょう！」

「つっても、吐くまで飲ませるけどなぁ。ヒヒッ」

「い、いや、僕はいいよ」

「おいおい……つれないこと言うなよ。最後くらい楽しく――」

「フィン！」

強引に連れていこうとする三人にフィンがささやかな抵抗をしていると、背後から涼やかな声が響いた。

ドランは振り返り、チッ、と舌打ちをする。

彼らと同じ年ごろの少女が、ドランを睨みつけていた。

気の強そうな切れ長の瞳と、肩にかかるほどの真紅の髪が印象的な女の子だ。

「ちょっとあんたたち！　もうフィンのことは放っておいてって言ったでしょ!?　フィン、もう行くよ！」

少女はずかずかと歩み寄り、フィンの肩からドランの腕を強引に引き剥がす。

ドランは、やれやれといったように肩をすくめた。

「またお前か。まったく、最後の最後まで保護者気取りだな」

「うるさい！　あんたたちがフィンにちょっかいを出すのがいけないんでしょ!?」

フィンを引き寄せ、キッとドランを睨みつける。

彼女はメリル・ライサンダー。

フィンの従姉妹で、同じ貴族学校に通う同級生だ。

入学してからドランたちに苛められ続けているフィンを、常にこうして庇っている。

「いい加減フィンのことは放っておいてよ！　もう二度と会うこともないんだから、関わらなくてもいいでしょ!?」

「そんなこと言われても、こいつで遊ぶのは楽しくてなぁ。最後なんだし、派手に遊ばせてくれてもいいだろう？」

「いいわけないでしょ!?　どうしてそう、簡単に人を傷つけられるのよ！　フィンも何か言い返しなさい！」

メリルがフィンの肩を掴み、強く揺する。

フィンはうなだれて、視線を足元に落としたままだ。

「まったく、そんな無能を相手にして、何か得でもあるのか？　お前も貴族の女なら、もっと俺みたいに有能な男に媚びとけばいいのに」

「そうそう、そんなやつを庇ったって、見返りゼロなんだからよ！」

「ヒヒ、お前みたいな底辺祝福持ちには、フィンみたいなのがお似合いかもしれないけどなぁ」

心底馬鹿にしたように言う三人に、メリルの顔が怒りに歪む。

「あんたたちは……！　フィン！　しゃきっとしなさい!!　ライサンダー家の男でしょ!?」

メリルの叱咤に、フィンがドランの顔を見る。

ドランはそんなフィンを、鋭い目つきで睨みつけた。

「何だ？　言いたいことがあるなら、はっきり言えよ」

「ぼ、僕は……」

「フィン！　メリル！」

フィンがなけなしの勇気を振り絞ろうとしたとき、一人の女性が駆け寄ってきた。

腰まである長い赤髪と、おっとりとした目鼻立ちが印象的な女性だ。

メリルの四歳年上の姉で、名前はフィブリナ・ライサンダー。

仕事で出席できなかったフィンたちの両親に代わり、式に参列しに来ていたのだ。

フィブリナはかなり慌てている様子で、表情は憔悴しきっていた。

「姉さん！　聞いてよ、またこいつらが――」

「フィン、メリル、落ち着いて聞いて」

フィブリナがメリルの言葉を無視して、二人に詰め寄る。

メリルは顔をしかめたが、次の言葉を聞いて目を見開いた。

「お父様たちが、洞窟で資源調査中に崩落事故に遭ったらしいの。すぐに王宮に向かうから、ついてきて」

◆

「オーランド兄さん！　ロッサ兄さん！」

フィンが従姉妹たちとともに王宮の一室に駆け込むと、二人の兄が深刻そうな顔で何やら話し合っていた。

いかにも生真面目そうな顔立ちの男が、長兄のオーランド・ライサンダー。

どこか飄々とした雰囲気の男は、次兄のロッサ・ライサンダーだ。

「三人とも来たか。こっちに座れ」

オーランドがフィンたちを呼び寄せ、ソファーに座らせる。

「フィブリナから聞いたとは思うが、父上たちが王家の調査団と資源調査中に崩落事故に遭った。事故の具合からして、調査団の生存は絶望的とのことだ」

「えっ!?　そ、それは本当なのですか!?　私たちのお父様とお母様は!?」

メリルが血相を変えて、オーランドに詰め寄る。

オーランドは力なく首を振った。

「おそらくダメだろう。『生命探知』の祝福を持った者が調べたが、一人も探知できなかったらしい」

「そ、そんな……」

愕然とするメリルの肩を、フィブリナが抱く。

フィブリナは凛とした表情で、オーランドを見た。

「オーランド様、私たちの今後は？」

「法令どおり、今日からライサンダー家の家督は長兄の俺が継ぐ」

この国の法令では、家督を継げる者は男の第一子と定められている。

領地を治めている父親の祝福を完全に受け継げるのは、男の第一子のみだからだ。

『祝福』の力は絶大で、その力によって貴族は領地を統治し、豊かにすることができる。

フィンの父親の祝福は『資源探知（C）』。

ダウジングのように、周囲十メートルほどの範囲内の水脈や鉱物資源の場所を探知できる能力だ。

長兄であるオーランドは、その父とまったく同じ祝福を持っている。

祝福には強弱があり、最弱がEだ。そこからE＋、D、D＋……といったように強くなり、A＋が最高である。

祝福の女神を奉る教会にある『水鏡』を覗き込むことにより、祝福の種類とその強弱を調べることができる。

「フィブリナのところは男子がいないから、叔父上たちの領地の管理権限も遺産もすべて俺が引き継がねばならない。フィブリナたちの面倒も俺が見る」

オーランドはそう言うと、隣で頭を抱えている次兄のロッサに目を向けた。

「ロッサ、お前も今までみたいに好き勝手はできないぞ。俺もまだ、父上から領地運営の手法は齧る程度にしか学んでいない。お前の助けが必要だ」

「ああ、分かってるよ……。くそ、なんてこった……」

頭を抱えたまま、ロッサが答える。

オーランドが非常に優秀かつ真面目な性格なため、ロッサは「長兄に任せておけば大丈夫」と青春を謳歌していたのだ。

ちなみに、彼の祝福は『腐敗（D＋）』。

近くにある一定量の物をゆっくりと腐敗させることができる能力で、母方の血筋の祝福が隔世遺伝したものだ。

「フィン」

オーランドがフィンに目を向ける。

「父上たちが死んでしまったことで、ライサンダー家は窮地に立たされている。これは分かるな？」

「はい、兄さん」

フィンがこうしてオーランドと話すのは、久方ぶりだ。

オーランドは実力至上主義者であり、祝福を持たず知性も凡人並みな自分には一切興味を持っていないだろうとフィンは感じていた。

邪険にしているということはないのだが、温かみがまったく感じられない彼のことが、フィンは苦手だった。

「俺はなんとしても、ライサンダー家を守らねばならない。率直に言うが、そのためにはお前を手元に置くと、内外からの風当たりが強くなる。何か失敗すれば、無能者を領地運営に携わらせているからだと言われることになるだろう」

オーランドの話に、フィンは黙って耳を傾ける。

兄の言うことはもっともだと、よく理解しているからだ。

貴族が領地運営に失敗し、それを挽回できないと判断されれば、王家によって領地を取り上げられて他の貴族に再分配されてしまう。

つまるところ、お取り潰しになるのだ。

「だから、お前にはこの土地から離れてもらう。ここに置いておくと、ライサンダー家の評判に関わるからな」

「そ、そんなのあんまりです！　フィンをライサンダー家から追い出すということですか!?」

メリルが縋るような顔でオーランドに訴える。

「いいや、そうじゃない。ここからだいぶ離れた場所に、以前から形だけライサンダー家の領地として任せられている一帯がある。フィンにはそこの管理を任せる」

「そこは、いったいどのような場所なのですか？　そんな土地があるなど、初めて聞きましたが」

フィブリナが、いぶかしんだ表情をオーランドに向ける。

彼女は貴族学校を卒業してから両親を手伝って領地運営をしていたので、ライサンダー家の管理地域全域についてはある程度把握しているのだ。

「一言で言えば、何もない山の中の寒村だ。目立った資源もなく土地も痩せていて、まったく重要性がないからと管理もなおざりになっている。家の中での分割統治は法的に認められているから、フィンにはその一帯の領主になってもらう。まあ管理をしろとは言ったが、お前はそこで領民たちと当たり障りなく生活してくれれば、それでいい」

「……フィンに、そこで生涯を終えろと言うのですか？」

メリルが怒りのこもった目をオーランドに向けた。

「そうは言ってない。何年かかるか分からないが、こちらの領地運営が盤石になったと判断したら、必ず呼び戻す。それまでの間の話だ」

「そんなの、いつになるか分からないじゃないですか！　血を分けた兄弟なんですよ!?　どうしてそんな酷いことができるんですか!!」

「メリル、いいんだよ。僕はそこに行くから」

掴みかからんばかりの勢いでオーランドに食ってかかるメリルの腕を、フィンが掴む。

「兄さん、そこへ向かうのは、葬儀の後でもいいでしょうか？」

「フィン！」

メリルがなおも抗議の声を上げるが、フィンはオーランドの目を見たままだ。

「ああ、もちろんだ。葬儀には皆で出席する。だが、崩落事故の場所が場所だけに、祝福を使ってその場所を探査していた父上の責任だと、事故に巻き込まれた他の遺族たちからは責められるだろう。何があっても、取り乱すなよ」

「分かりました。大丈夫です」

フィンは微笑むと、メリルに顔を向けた。

彼女はぼろぼろと涙を流しており、その目は真っ赤だ。

——ああ、僕はこの娘のことが好きなんだな。

そんな想いが、フィンの頭によぎる。

「メリル、少し早いけど、お別れを言っておくよ。今まで僕のことを守ってくれて、本当にありがとう。時々は帰ってくるから、その時は——」

「私も一緒に行くから!!」

叫ぶように言うメリルに、オーランドとロッサ、そしてフィンも唖然とした顔を向ける。

「オーランド様、私もフィンと一緒に行きます！　いいですよね!?」

「なら、私も一緒に行くわ」

メリルに続いて、フィブリナまでそんなことを言い出した。

「えっ、フィブリナ姉さんまで何を……」

困惑顔のフィンに、フィブリナは優しく微笑む。

安心して、とでも言いたげな、とても優しい微笑みだ。

「いいの。私がそうしたいだけだから」

「……分かった。二人の判断を尊重しよう。好きにしてくれて構わない」

メリルは何も言わず、オーランドをじっと見据えている。

「ありがとうございます。先立って、支度金を少々頂きたいのですが、問題ありませんか？」

「ああ、もちろんだ。あまり多くは出せないが、先にいくらか渡す。叔父上の遺産がはっきりしたら、領地運営に使う分以外の金はフィブリナに渡そう」

オーランドはそう言うと、再びフィンに顔を向けた。

「フィン、こんなことになって本当にすまない。なるべく早くお前たちを呼び戻せるよう、俺も力を尽くす。それまで、辛抱してくれ」

「は、はい……」

「フィブリナ、メリル。フィンのことをよろしく頼む」

「はい、お任せください。ほら、メリルもお礼を言いなさい」

「……ありがとう……ございます」

渋々といったように礼を言うメリル。

フィンとしてはありがたい限りなのだが、まさかそこまで二人がしてくれるとは夢にも思わなかった。

二人はここに残れば、オーランドの庇護（ひご）の下で今までと大差ない生活を送ることができるはずなのだ。

それを捨ててまで自分についてきてくれ、辺境領地での生活を選ぶとは……。

「よし、とりあえず話はこれくらいにしておこう。葬儀の手配をしなければ。ロッサ、いつまでうなだれているんだ。しっかりしろ」

「あ、ああ……」

よろよろとロッサが立ち上がる。
不安で仕方がない、といった顔つきだ。
そんな彼に続き、フィンたちもソファーから立ち上がるのだった。

第二話　辺境領地へ

葬儀が終わってから、約半月後。

フィン、メリル、フィブリナの三人は、馬車に揺られて山道を進んでいた。

家を出てから、今日で五日目。

オーランドが手配してくれた、数人の護衛の騎士を伴っての旅路だ。

「ちょっとフィン、そろそろエンゲ……えっと……姉さん、なんて村だっけ？」

「エンゲリウムホイストよ」

「エンゲリウムホイスト村に着くのよ？　いつまでもしょぼくれた顔してないでよ」

「うん、ごめん……」

暗い顔をしているフィンに、メリルがため息をつく。

王都の大聖堂で行われた合同葬儀は、酷いものだった。

初めは粛々と行われていたのだが、空の棺に献花をするときになって、ライサンダー家の不手際だと遺族の何人かがオーランドに詰め寄ったのだ。

場は騒然となり、同調する者たちからは怒号と罵声が浴びせられた。

それまで気丈に振る舞っていたメリルはその場で泣き出してしまい、フィンたちも何も言えずに立ち尽くすしかなかった。

　その場にいた国王の一喝で騒ぎは収まったものの、式の終わりまでフィンたちは敵意の視線に晒され続けたのだ。

　フィンは道中、何度もその光景を思い返しては、陰鬱な気持ちになっていた。

「それにしても、どうしてこんな舌を噛みそうな名前の村にしたんだろうね？」

　村に関する資料の束を、フィブリナがぱらぱらと捲る。

「えっとね、大昔はここで、エンゲリウムっていう希少金属が採掘されたそうよ。今は枯渇しちゃったみたいだけど」

「エンゲリウム？　何それ？」

「火をつけると、とても長い間勢いよく燃え続ける金属なんですって。握りこぶし一つ分で、一カ月も燃え続けたそうよ」

「へえ、それはすごいね。それがあれば、冬場はずっと暖かく過ごせそう」

「そうね。その金属のおかげで村は栄えたこともあったらしいんだけど、掘り尽くしちゃってからは、すっかり寂れちゃったんですって」

「そうなんだ。探したら、まだどこかにあったりしないのかな？」

「どうかしら。ご先祖様が散々探したみたいだけど、新しい鉱脈は見つからなかったらしいから、ちょっと難しいかもしれないわね」

「ふーん……それじゃ、ホイストっていうのは？」

「ご先祖様の名前よ。ホイスト・ライサンダーっていう人が、その金属を最初に見つけたの」

フィブリナはそう言うと、フィンとメリルに真剣な目を向けた。

「この場所は資源も何もないという理由で、ずっと管理がなおざりになっていたわ。村の人たちは、もしかしたら私たちライサンダー家を恨んでいるかもしれない。そのことをしっかり頭に置いて、できるだけ早く村の人たちに受け入れてもらえるように頑張りましょう」

「うん、そうだよね。頑張らないと……ちょっと、フィン！　少しは話に混ざりなさいよ！」

「え？　あ、ごめん……」

「もう！　あなたが領主なんだからね？　しっかりしてよ？」

「うん、分かってるよ」

そうこうしていると馬車が止まり、御者から村に到着したと声がかかった。

皆で馬車を降りると、そこには三百人はいるだろうかという人々が集まっていた。

一応、事前にフィンたちが来るという連絡はしてあるので、待っていてくれたのだろう。

皆、着ているものは粗末で簡素なものばかりだ。

近くにある家々はどれも掘立小屋のような有様で、一目で貧しい生活を送っていることが見て取れる。

「うわ、すごい人数……。出迎えに来てくれたのかな？」

「そ、そうみたいだね……」

面食らっているメリルとフィンに代わり、フィブリナが一歩前へ出る。

「皆さん、初めまして。私はフィブリナ・ライサンダーと申します。こちらは妹のメリル、そして彼が領主のフィンです。この村の管理をすべくやってまいりました」

そう言って、フィブリナはフィンをちらりと見る。

フィンは頷き、彼女の隣に歩み出た。

「フィン・ライサンダーです。今日から僕が、この地域一帯の領主をすることになりました。よろしくお願いします」

ぺこりとフィンが頭を下げる。

すると、人々の中から一人の男が前に出てきた。

顔には深く皺が刻まれており、年齢は六十～七十歳ほどに見える。

その老人は困惑顔で口を開いた。

「村長のアドラスです。その……この村には、もうずっと貴族様がいらっしゃることはなかったのですが……」

他の村人たちも同意するようにざわついている。

皆、不安というよりも困惑している様子だ。

その中に一人だけ、瞳を輝かせてフィンを見つめている少女の姿があった。

金髪をショートカットにした、十二～十三歳ほどの活発そうな雰囲気の女の子だ。

どうしてこの子はそんな目で自分を見るのだろうとフィンは内心首を傾げながらも、アドラスに目を向けた。

「ライサンダー領内の管理地域を見直しすることになりまして、今まで、その……管理がなおざりになっていた領地にも目を向けよう、ということになったんです」

言葉を選びながら、フィンが説明する。

まるっきり嘘ということにもならないはずなので、説明はこれでいいだろう。お家事情まで、わざわざ正直に話す必要はない。

「今まで何のお手伝いもせず、大変申し訳なく思っています。これからは、この地域の発展に尽力しますので、よろしくお願いします」

「あ、いやいや、こちらこそお願いいたします」

やたらと腰の低い貴族の姿に面食らったのか、アドラスが慌てて腰を折った。

第一印象は、まずまずといったところだろう。

挨拶は済んだと判断したフィブリナが、再び口を開く。

「それでは、私たちが滞在する建物に案内していただきたいのですが」

「はいはい！　私が案内します！」

先ほどからフィンを見つめていた少女が、ぴょんぴょんと飛び跳ねながら手を挙げた。

フィブリナが、彼女ににっこりと微笑む。

「ありがとう。それじゃ、お願いするわね」

「はい！　こちらへどうぞ！」

「な、なんか、ずいぶんと元気な娘だね」

メリルがフィンに小声で言う。

「そうだね。でも、歓迎してくれてるみたいだし、よかったよ」

「うん。頑張って村の人たちに認めてもらえるようにならないとね！」

そうして、少女に連れられてフィンたちは村へと入っていった。

◆　◆　◆
「領主様たちは、貴族様なんですよね？」

村に入ってすぐ、少女がフィンに話しかけてきた。

相変わらず、瞳がキラキラと輝いている。

「こ、こら、ハミュン！」

後ろをついてきていたアドラスが、慌ててハミュンと呼ばれた少女を制する。

この世界では、貴族は平民とは隔絶した存在である、という考えかたが一般的だ。

領地を統治するほどの力を持った貴族は雲の上の存在であり、崇(あが)められて当然といった風潮がある。当然ながら、そういった貴族たちはプライドが高く、傲慢(ごうまん)な者が多くみられる。

『祝福』の能力が使い物にならず、平民と一緒になって働かざるをえない下級貴族には、そういった差別意識を持っている者は少ないのだが。

「あ、いいんですよ。気負う必要なんてないですから」

フィンはアドラスをたしなめ、ハミュンに目を向けた。

「うん、僕はライサンダー本家の三男なんだ。それと、僕のことはフィンって呼んでくれていいよ」

「ありがとうございます！　それで、貴族様たちは『祝福』っていうすごい力を持ってるって聞いたことがあるんですけど、フィン様はどんな祝福を持ってるんですか？」

「え……？　いや、その……」

フィンの表情が引きつる。

フィンは、祝福を持っていない。貴族出身というだけで、本質はただの平民と変わりないのだ。

「フィンはちょっと変わってて、まだ祝福が発現していないのよ」

フィンが口ごもっていると、フィブリナが代わりに答えた。

「でも、そのうち発現すると思うわ。いつになるのかは分からないけどね」

「そうなんですか！　そういう方もいるんですね！」

「ええ。これぱっかりは、個人差があるから」

えっ、という顔を向けるフィンに、フィブリナが優しく微笑む。

どうやら、祝福を持っていないことは隠しておく方針のようだ。

本来、貴族は六～十歳の間に祝福が発現する。

例外は今のところ、一例も確認されていない。

「フィブリナ様は、どんな祝福を持っているんですか？」

「私は『傷の治癒』よ。ゆっくりとだけど、ちょっとした怪我(けが)なら治すことができるの」

フィブリナの祝福は『傷の治癒（E＋）』。

傷口に手をかざすと、非常にゆっくりとだが傷を治癒させることができる。

転んで擦りむいた程度の傷であれば、三十分もあれば綺麗に治すことができるのだ。

「す、すごいですね！　もしかして、この怪我も治せたりするんですかっ!?」

そう言って、ハミュンが自分の人差し指を見せる。

料理の際に切ってしまったのか、ぱっくりと小さな刃物傷ができていた。

「ええ、その程度なら。後で治してあげる。傷跡も残らないわよ」

「ありがとうございます！　やっぱり、貴族様ってすごいんですね！　メリル様は、どんな祝福をお持ちなのですか？」

「えっ、わ、私？　私は……」

ちらりと、メリルがフィンを見る。

メリルはフィンの前で祝福の話をすることを、極力避けていた。もちろん、祝福を持たないフィンを気遣ってのことだ。

「……私は、『食料品質の向上』だよ。果物とかを美味しくしたり、古くなっちゃったパンとかを出来立てに戻す力なの」

メリルの祝福は『食料品質の向上（E＋）』。

傷んだ食べ物を食べられる状態に戻したり、品質の劣る作物を高品質なものに作り変えたりすることができる。加工品であれば出来立ての鮮度に戻し、手の加えられていない収穫物であれば品質を向上させることができる能力だ。

とはいえ、できる量はごく少量で、一度にボウル一杯分程度のものを変えられるにすぎない。完了するまで三時間近くかかるが、逆に時間さえかければ、どんな食料品でも最高品質にまで向上させることができる。

「へぇえ、いろんな種類の祝福があるんですね！　フィン様もどんな祝福が発現するのか、楽しみですね！」

「う、うん。そうだね……」

そんな話をしながら村の中を進み、一軒の木造家屋にたどり着いた。

わりと小綺麗で、他の一軒家よりは大きな家だ。

後ろをついてきていたアドラスが、フィンの隣に立つ。

「こんな家しか用意できず申し訳ないのですが、少しの間ここを使っていただければと……。すぐに、新しい家を建てますので」

申し訳なさそうに言うアドラス。

フィンは、いえいえ、と慌てて手を振った。

「いえ、十分です。急な申し出なのに、用意してくださってありがとうございます」

メリルが家の引き戸を開け、中を覗（のぞ）き込む。

「……もしかして、ここって誰かが使ってた家だったりします？」

中はつい最近まで、誰かが住んでいたかのような雰囲気があった。

「はい、数日前まで、私とハミュンが住んでいました」

「えっ？　じゃあ、二人は今どこに住んでるんです？」

「それは……別の者の家を間借りして、そこに」

フィンたち三人が、ぎょっとした顔になる。

フィンたちのために、わざわざ家を空け渡してくれたのだ。

「そ、それはいくらなんでも悪いですよ。一応天幕も持ってきていますから、僕たちはしばらくそこで……」

「えっ!?　い、いえ、領主様にそんなご苦労を強いるわけには！」

はいっ、とハミュンが手を挙げる。

「な、ならさ！　私たちもフィン様たちと一緒に、この家に住めばいいんじゃないかな！」

「な、なにを言ってるんだ、ハミュン！　そんな恐れ多いこと、できるわけないだろ！　失礼にもほどがあるぞ！」

「で、でも……」

ちら、とハミュンがフィンを見る。

その縋（すが）るような眼差しに、フィンも困ってフィブリナを見た。

「……そうね。じゃあ、そうさせてもらいましょうか」

「えっ!?」

「やった！」

驚くアドラスと、大喜びで万歳するハミュン。

やり取りを見ていたメリルも、仕方がないといったふうに苦笑した。

「うん、私もそれがいいと思う。アドラスさん、ハミュンちゃん、これからよろしくね」

「はいっ！」

こうして、フィンたちは村長たちと同じ屋根の下で生活することになった。

✦
✦
✦

その日の夕方。

「あ、あの、やはり貴族様に食事を作っていただくなど……」

「いえいえ、大丈夫ですから。それに私、料理が大好きなんです」

「アドラスさん、気にしないでいいよ。自分たちのことは自分でできるからさ」

台所に立ち料理を始めたフィブリナとメリルに、アドラスが恐縮して頭を下げていた。

間もなく日暮れなので夕食の準備をしようということになり、二人が料理を買って出たのだ。

フィンたちには、ライサンダー家の従者や使用人は一人もついてきていない。護衛の騎士も、フィンたちを送り届けた後に全員オーランドのもとへ帰ってしまっている。

理由は単純で、このエンゲリウムホイスト村で働く使用人を募った結果、誰一人として手を挙げる者がいなかったからだ。

そんなところへ送られるくらいなら仕事を辞めると言い出す者まで出る始末だったのだが、それも仕方がない話だろう。

誰だって住み慣れた都会を遠く離れて、こんな何もない超ド田舎に行きたいとは思わない。

フィンが『祝福なし』のうだつの上がらない貴族だと目されているというのも、それに追い打ちをかけていた。

そんなわけで、使用人は村で誰かを雇おうということで、三人だけで移住することになったのだ。

ちなみに、食料は一カ月分ほど持参した。

「にゃー」

「ん？」

何をするでもなくイスに座っていたフィンは、鳴き声が聞こえてきた戸口に目を向けた。

がりがりと、戸を引っ掻く音が響いている。

「ああ！　申し訳ございません！　ネズミ退治のために飼っている猫でして！」

アドラスが慌てて戸口へ走り、戸を開けて猫を追い払おうとする。

だが、猫はするりと家の中に入ると、奥の部屋へと消えていってしまった。

「あ、別に大丈夫ですよ。それより、ネズミが出るんですか？」

「はい、この辺りはネズミが多くて。どの家でも、何匹か猫を飼っているんです」

「ネ、ネズミ……」

メリルが顔を引きつらせる。

生理的に無理、といった表情だ。

「おじいちゃん、こっちにピコが来なかった？」

そうしていると、外から戻ってきたハミュンが家に入ってきた。

手には、掘ったばかりの泥付きの芋が入ったカゴを持っている。

「ああ、奥に行っちまったよ」

「ありゃ。まあ、仕方ないか。ずっとここに住んでるんだし」

ハミュンは笑うと、フィブリナたちに芋を渡した。

ハミュンも控え目に手伝いを申し出るが、その顔を見たフィブリナが苦笑して断ると、すぐに引き下がってフィンの隣に座った。

ハミュンは、わくわくして仕方がないといった顔をフィンに向ける。

「フィン様、この地域を発展させるって言ってましたけど、どんなことをするんですか？」

「えっと……とりあえずは、この地域一帯を見て回って、何か産業にできそうなものがあればそれをやろうかなって」

この地に移動してくるまでの間、フィンたち三人はどうすればこの一帯を発展させられるか話し合っていた。

寮暮らしをしながら十年間通った貴族学校で、領地運営についての基礎は学んでいる。それに加えて、フィブリナは両親とともに四年間ほど領地運営に携わっていた。一応、ズブの素人集団というわけではないのだ。

「産業ですか！　……産業ってなんですか？」

「物を作って売り買いすること。この村でやってる農業も、産業の一つだよ」

「なるほど！　なら、これからは薪を拾ったり、畑の世話をしたりするだけの生活じゃなくなるんですね？」

「うん。やれそうなことが見つかったら街から専門家を呼ぶから、村の人たちにはそれを学んで身につけてもらうことになるね。他の村や街と交易して、現金収入を得られるようにしないと」

オーランドにはこの場所で生活しているだけでいいとは言われたが、やはり来たからには結果を残したい。

それに、何年この場所にいることになるかも分からないのだ。村人たちの手前、なにより自分たちのためにも、ただ漠然と生活しているわけにはいかない。

「でも、その前に私たちがここでの生活に慣れないとね」

メリルが芋を洗いながら、フィンに振り返る。

「そうだね。早く村の皆に受け入れてもらえるように、頑張らないと」

「大丈夫ですよ！　皆、フィン様たちが来るって聞いてから、大騒ぎだったんですから！　この村も、ようやく豊かになるかもしれないって、皆も楽しみにしてます！」

「えっ、そうなの？」

「はい！」

元気に頷くハミュン。

どうやら、フィンたちはかなり期待されているらしい。

今までまったく見向きもされなかった村なのに、ここにきて突然貴族が三人も住み着くとなれば、それも当然かもしれない。

それほど、貴族という存在の影響は大きいのだ。もっとも、本来は優れた祝福を持つ貴族限定の話ではあるのだが。

「フィブリナ様もメリル様もすごい祝福を持ってますし、これでフィン様も祝福が発現したら――」

「ハミュンちゃん、少し手伝ってもらえるかな？」

「あ、はい！」

ハミュンが席を立ち、メリルのもとへ小走りで向かう。

『祝福』という言葉を聞かされるたび、フィンは自分自身に途方もない無力さを感じていた。

記憶にはないが、昔は神童とまで呼ばれていたと聞いている。

そんな自分に、どうして祝福が宿っていないのか。

暗い顔でうつむいてしまったフィンに、メリルはちらりと心配そうな眼差しを向けるのだった。

第三話　フィンの覚醒

翌朝、領主邸（仮）には大勢の人が詰めかけていた。

昨夜フィブリナが治したハミュンの指の傷を、皆が見に集まってきているのだ。

「おお、これはすごい！　本当に綺麗に治ってる！」

「でしょ？　フィブリナ様、本当にすごいんだから！」

騒ぐ村人たちに、ドヤッ、とハミュンが綺麗になった指を見せながら胸を張る。

「あ、あの、フィブリナ様。私の娘も、二日前に頬を枝で切ってしまって。傷跡が残ってしまうのではと心配で……」

「はい、いいですよ。どうぞこちらへ」

若い母親が連れてきた五歳くらいの女の子を、フィブリナが隣に座らせる。

彼女が頬の傷口に手をかざすと、女の子は、わあ、と微笑んだ。

「頬っぺたがあったかい……。いい気持ち……」

「しばらく、このままでいようね。綺麗に治してあげるから」

「うん！」

その様子に、誰かが「聖女様だ」とささやいた。

なるほど、確かに優しい眼差しで少女の傷を治すその姿は、聖女そのものだ。

E＋というフィブリナの能力は、貴族としてはほぼ最底辺に位置するが、効果は微弱でも便利であることに変わりはない。

貴族と触れ合ったことのない彼らにとっては、神の奇跡とも思える力だろう。

「あの、メリル様。もしよろしければ、メリル様のお力も見せてはいただけないでしょうか？」

「えっ、わ、私？　いや、いいよ、私の力なんてそんな——」

村人の一人にそう言われ、メリルが断りかける。

「メリル、やってあげなよ。皆、喜ぶよ」

「フィン……。うん、分かった」

フィンに言われ、メリルが仕方なしに頷く。

周囲を囲んでいた村人たちから、おお、と歓声が上がった。

「でも、私の力は効果が出るのにけっこう時間がかかるの。見てても分かりにくいし、あんまり期待しないでね」

「でもでも、昨日食べさせていただいたアプリスみたいに、何でもすごく美味しくなるんですよね？」

ハミュンが言うと、村人たちが再びざわついた。

「アプリスって、あの高級な果物だよな？」とか「いいなぁ、食べてみたい」といった声があちこちから漏れる。

いくつか例外はあるが、この世界において多くの果物はかなりの高級品であり、おいそれと手に入れることはできない。

理由は、それらの種子を大貴族であるトコロン家が独占しているからだ。

市場に出回るそれらの果物から取れた種子は、植えてもほとんど発芽しない。ごく稀に発芽するものがあっても実が付かなかったり、付いたとしても奇形だったりして、まともなものは一つも収穫できない。

これは、トコロン家が祝福の力を使い、果物が次世代に子を残せないように変異させてしまっているからだ。

それらの果物を手に入れるには、トコロン家が市場に卸した高価なものを買うしかない。他国でもトコロン家の血筋の家が同じように独占しており、状況は同じである。

ちなみに、アプリスは皮ごと食べられる赤い果物で、メリルの大好物だ。

甘くて瑞々しく、しゃりっとした歯ごたえで栄養も抜群という素晴らしい果物であり、オーガスタ王国の特産品という位置づけだ。

エンゲリウムホイスト村に来たらしばらく手に入れることはできなくなるだろうと、メリルは木箱一箱分、なんとか都合をつけて持ってきていた。

「うん。時間はかかるけど、美味しくできるよ」

「あ、あの！　腐ったり傷んだりしてしまった食べ物でも、食べられるようにできるのですか!?」

話を聞いていた若い女性が手を挙げる。

「うん。腐ってカビが生えてても、元に戻せるよ」

「す、すごいですね。さすが貴族様……」

「お姉ちゃん、私もアプリスっていう果物、食べてみたいなぁ」

頬を治療されている女の子が、メリルの袖を引っ張った。

「あー……うん、分かった。いくらか持ってきてあるから、皆で食べちゃおっか」

メリルが言うと、皆から歓声が上がった。

そんな皆の輪からフィンはそっと離れると、村の外へと足を向けた。

✦
✦
✦

フィンは一人で村を出て、森へと入った。

フィブリナとメリルの持つ祝福は、エンゲリウムホイスト村の発展にとって、大きな助けとなるだろう。

だが、自分には何もない。

貴族学校で学んだ多少の知識はあるかもしれないが、それは彼女たちだって同じだ。

『ポンコツの祝福なし』とドランに言われた言葉が、頭の中をぐるぐると回っていた。

あんな蔑(さげす)むような目を向けられ、馬鹿にされるのは、もう二度とごめんだった。

自分も、何かできるようになりたい。

人から頼られるいっぱしの貴族として、自信が持てるようになりたい。

胸を刺すような焦燥感が、フィンの心に渦巻いていた。

「僕だって、ライサンダー家の人間なんだ。もしかしたら、オーランド兄さんみたいな祝福があるかもしれない……。僕にもあんな力があれば……」

積もった枯れ葉を踏みしめて、フィンは木々の間を進む。

祝福とは、それを持つ者が発動させようと心の中で念じれば使えるものだと聞いたことがあった。

オーランドの場合は、水源や鉱物といった資源が近くにあると、何がどこにあるのかが頭に浮かぶのだそうだ。

「父上、母上、ご先祖様……誰でもいい、僕に祝福の力を分けてください」

資源はどこだと心の中で念じながら、やみくもに歩く。

藪(やぶ)をかき分け、沢を下り、再び藪へと踏み入る。

だが、何も感じず、何も見つからない。

それでも、ただ黙々と散策を続け、何か感じないかと精神を集中する。

その後も一時間近く歩き続けたが、まったく何も感じなかった。

「……っ」

気づけば、頬に涙が流れていた。

悔しくて、つらくて、どうして自分がこんな目に、といった負の感情が頭をもたげる。

村の皆に施しをするフィブリナとメリルを微笑んで見てはいたが、内心では引き裂かれそうなほどに心が悲鳴を上げていた。

「……なんでだよ！　どうして僕が、僕だけが!!」

フィンは叫びながら、近くの木を思い切り殴りつけた。

拳の皮膚が裂け、血が滲む。

余計にみじめさが増して、涙と嗚咽が止まらなくなった。

「――ィン――フィン！」

木に縋りつき、思わずその場にへたり込みそうになったとき、背後から微かに声が聞こえた。

「フィン！　どこなの!?　返事をして！」

「っ！」

はっとして、振り向く。

大勢が枝葉を踏みしめる音と、自分の名を呼ぶ声が聞こえた。

慌てて、声から逃げるように走り出す。

こんな情けない姿を、人には――特にメリルには見られたくなかった。

「あっ、フィン！　ま、待って！」

駆け出したフィンを追い、メリルが走る。

「メリル、見つけたの!?　フィン！」

「フィン様ー！」

近くを捜し回っていたフィブリナやハミュンたちもその声に気づき、メリルの後を追う。

「ちょ、ちょっと！　どうしたの!?　どこ行くのよ!?」

「フィン！　戻ってきて！」

「あっ！　フィン様、そっちはダメです!!」

ハミュンの叫ぶ声がフィンの耳に届いた直後。

フィンの体を浮遊感が襲った。

「っ!?」

藪を抜けた先は崖になっていて、そこにフィンは飛び出してしまったのだ。

悲鳴を上げる間もなく崖を落ち、石だらけの地面が目に入った瞬間、フィンの意識は途絶えた。

✦
✦
✦

「――ィン！　フィン！　しっかりして！　目を開けてよ!!」

「……ぅ」

悲鳴にも似た叫び声に、フィンがうっすらと目を開く。

すると、ぼろぼろと涙をこぼしながら自分を見下ろすメリルの顔がぼんやりと見えた。

「フィン！」

「動かしちゃダメ！　そのまま！」

真っ青な顔をしたフィブリナが、必死の形相でフィンに手をかざす。

フィンは岩だらけの地面に叩きつけられ、頭頂部が大きく裂けて大量に出血していた。

右腕と両脚はあり得ない方向に折れ曲がっており、全身傷だらけで血まみれだ。

辛うじて意識は取り戻したが、どう見ても助からないほどの重傷だった。

「やだ、やだよ……！　また私のせいでっ！　フィン、死んじゃやだよぅ……！」

メリルが泣きじゃくりながら、唯一無事な左手を握りしめる。

フィンはその顔をぼんやりと眺め、既視感を覚えていた。

――そうだ、あの時僕はメリルに連れられて、近所の森に入って崖から……ん？

「つ！　えっ⁉」

突然大声を上げたフィブリナに、メリルがびくっと顔を向ける。

「姉さん！　お願い、フィンを助けて！」

「えっ、そ、そんな……えっ？」

「な、治っちゃいました……」

ハミュンの気の抜けた声に、メリルがフィンの頭を見る。

ぱっくりと割れていた頭の傷が、綺麗さっぱりなくなっていた。

「えっ⁉　な、なにこれ⁉　姉さんがやったの⁉」

「わ、私はなにも……。突然フィンの体が光ったと思ったら……あなたも見たでしょう？　フィンが光に包まれるのを」

「えっ？　わ、私は何も……涙でぼやけちゃって……」

「ごめん、メリル。手を貸して」

「ちょ、ちょっとフィン！　動いちゃ……って、ええ!?」

フィンがメリルの手を掴(つか)み、身を起こす。

いつの間にか、折れ曲がっていた腕と脚まで元に戻っていた。

「ななな、何で治ってるの!?　どうなってるの!?」

「フィブリナ様、すごいです!!　あんな大怪我(おおけが)だったのに、一瞬で治っちゃいましたよ!?」

驚愕(きょうがく)するメリルと、瞳を輝かせて喜ぶハミュン。

周囲を取り囲んでいた村の人々も、「さすが聖女様！」と歓声を上げている。

「だ、だから、私は何も……どういうことなの……？」

フィブリナは酷(ひど)く困惑した様子で、先ほどまでフィンにかざしていた自身の手を見つめている。

フィンは、怪訝(けげん)な顔をメリルに向けた。

「な、なに？　何がどうしたの？　皆して、何を騒いでるんだよ？」

「何って、あなたは崖から落ちて、今まで死にかけてたのよ！　頭は割れちゃってたし、手も脚も変な風に曲がっちゃって！」

「え!?」

フィンが慌てて、自分の体を見る。

そして、ほっとしたように再びメリルを見た。

「脅かさないでよ。怪我なんてしてないじゃないか」

「だから、姉さんが治してくれたのよ！　それも一瞬で‼」

「ええっ⁉」

フィンがぎょっとした顔でフィブリナを見る。

「フィブリナ姉さん、いつの間にそんな力を……」

「え、ち、違うわよ。私はいつもどおりやっただけなんだけど……うーん」

「フィン！」

すると、突然メリルがフィンを怒鳴りつけた。

フィンは思わず、びくっとして肩をすくめる。

「な、なに？」

「なに、じゃないわよ！　勝手にいなくなって！　また大怪我して……っ！」

メリルの瞳から、再びぼろぼろと涙が流れ落ちる。

「また、私のせいでっ……！　ごめんね、フィン、ごめん……」

「メリル……」

メリルがフィンにしがみつき、泣きじゃくる。

フィンはそんなメリルを抱きしめると、よしよしと頭を撫でた。

「メリル、いいんだよ。こうして怪我も治ったしさ。それに、メリルのおかげで俺も……じゃない、僕も助かったんだから」

「……え？」

メリルがフィンを見上げる。

「記憶が戻ったんだ。たぶん、頭を打ったおかげだと思う」

「記憶がって……何の記憶？」

「昔、一緒に遊んでて崖から落ちただろ？　その前の記憶が、全部戻ったんだ」

それに、とフィンが付け加える。

「僕がこの世界に生まれる前の記憶も、全部思い出した」

メリルがぽかんとした顔で、フィンを見る。

皆も困惑顔だ。

「この世界に生まれる前？　どういうこと？」

「僕はたぶん、別の世界の人間の生まれ変わりなんだ。赤ん坊の頃から意識ははっきりしてて、前の人生の記憶が残ってた」

「フィン……頭を打ったせいで、おかしくなっちゃったの？」

メリルが心配そうに、フィンの頭を撫でる。

「違うって。本当に、前の人生の記憶があるんだよ。ほら、僕って小さい頃は『神童』って呼ばれてただろ？」

「う、うん。私はあんまり覚えてないけど……」

メリルがフィブリナを見る。

フィブリナは神妙な顔で、フィンを見ていた。

「……ええ。フィンは三歳くらいの時には、まるで大人みたいにしっかりしていたわ。七歳だった私が、勉強を教えてもらうくらいにね」

「そういえば、そんなこともあったね。一緒によく、算術を勉強したっけ」

それで、とフィンが続ける。

「赤ん坊っていうか、幼い頃の脳ってすごくてさ。何でもすぐに覚えられちゃうんだよ。だから、今のうちにって思って、がむしゃらになってこの世界のことを勉強してたんだ。ちやほやされるのも嬉しかったし、何をするのも楽しくてさ」

「……本当に、思い出したのね。子供の頃のこと」

真剣な目を向けてくるフィブリナに、フィンが頷く。

「うん、全部思い出したよ。それに、今までの記憶もちゃんと残ってる。今までずっと、僕のことを守ってくれてありがとう。これからは、僕が二人を守るよ。何があっても、絶対に」

フィンが、いまだにしがみついているメリルに目を向ける。

「もう、今までの情けない僕じゃない。今まで僕のせいでつらい思いをさせて、本当にごめん」

「そんな、あなたのせいなんかじゃ……」

「フィン、もしかしたら、戻ったのは記憶だけじゃないかもしれないわ」

フィブリナの言葉に、フィンとメリルが彼女を見る。

「え？　どういうこと？」

「あなたの大怪我が一瞬で治ったのは、きっとあなたに祝福が宿ったおかげよ。私の力じゃ、あんなふうには絶対に治せないもの」

「じゃ、じゃあじゃあ！　フィン様にも怪我を治す祝福が発現したってことですか!?　それも、フィブリナ様以上の強力なやつが！」

ハミュンの声に、おお、と周囲の人々からどよめきが起こる。

瀕死（ひんし）の怪我も一瞬で治せるほどの強力な祝福がフィンに備わったとしたら、それは途方もない大事件である。

それほど強力な治癒の祝福を持っている者など、この国には一人もいない。まず間違いなく、王家から登用の声がかかるだろう。

「ええ、きっとそうよ。……よかった、本当に」

フィブリナが心底嬉しそうに、安堵（あんど）した表情でつぶやく。その目尻（めじり）には、涙が光っている。

フィンは自分の手を見た。

「そっか、僕にも祝福が……。メリル、短剣を貸してくれない？」

「え？　何に使うの？」

「まあまあ、いいから」

メリルが腰から護身用の短剣を抜き、フィンに渡す。

フィンはそれで、自分の左の手のひらに小さな傷をつけた。

じわりと、真っ赤な血が傷口から滲み出す。

「ちょ、ちょっと！」

「いいから、いいから」

フィンは傷口を見つめ、治れ、と念じた。

皆が固唾(かたず)を飲んで、それを見つめる。

「……あれ？」

「どうしたの？」

「いや……傷が治らないんだ。フィブリナ姉さん、念じるだけでいいんだよね？」

「え、ええ。でも私の場合は、力を使うときは手をかざしているわ。そのほうが集中しやすいから」

「あ、なるほど。手をかざすのか」

フィンが短剣をメリルに返し、右手を傷口にかざしながら、治れ、と念じてみる。だが、何も起こる気配がない。

「……あれ？　おかしいな。やっぱり治らないや」

「まだ使いかたに慣れてないからじゃない？　念じかたが甘いのよ、きっと」

「うーん、そうなのかな……」

「……フィン、手を出して」

フィブリナに言われ、フィンが左手を差し出す。

彼女はそこに、自らの手をかざした。

その途端、傷口が光り輝き、すさまじい勢いで傷が塞(ふさ)がった。

その間、わずか一秒ほど。

「えっ!?」

メリルが驚きに目を見開く。

フィンは傷の消えた自らの手を数秒見つめ、フィブリナを見た。

二人とも、互いの目を見て考えが一致していることを理解し、頷いた。

「『祝福が強化されている……？』」

「強化？　フィブリナ姉さんの祝福が強くなったってこと？」

怪訝そうな顔で、メリルが言う。

「ええ。でも、備わっている祝福が急に強くなるなんて話は聞いたことがないわ。これはきっと、フィンの祝福の力だと思う」

「えっ、それって……」

「おそらくだけど……フィンの祝福は、他人の祝福を強化する力なのよ」

「祝福を強化する力？　そんなもの、聞いたことがないけど……」

「フィン、教会に行きましょう。水鏡を覗けば、はっきりするわ」

「あ、そっか！　そうだよね！」

名案だ、とメリルがフィブリナの提案に頷く。

貴族の子供は、六歳になると一年に一度、教会に行って祝福を確認する義務がある。

各地の教会にある『水鏡』を覗き込むと、その者が持つ祝福の説明が文字となって水面に浮かび上がるのだ。

その水鏡の器は、太古の昔にこの地に降臨したとされる祝福の女神が、各地の王族に贈ったとされている。

王家は全貴族の祝福を把握し、有用な祝福を持つ者を高額な報酬と引き換えに呼び出したり、場合によっては永続的な登用の申し入れをしたりする。

ちょうどライサンダー領内にも教会は一つあるので、そこへ向かえばいいだろう。

「フィン、行くよ！　立って！」

メリルがすぐさま立ち上がり、フィンを引っ張る。

「わ、分かったって。そんなに引っ張らないでよ。慌てなくてもいいじゃないか」

「なに言ってるのよ！　教会でお墨付きを貰えれば、もう『祝福なし』なんて馬鹿にされることもなくなるのよ！　落ち着いてなんていられないわ！」

弾けるような笑顔で言うメリル。

この時を、彼女はずっと待ち望んでいた。

フィンが、ついに祝福を得た。

それも、他に誰も持っていないような、非常に強力で希少な祝福の可能性が高い。

もう二度と、他の貴族に彼を馬鹿になどさせるものかと、気がはやって仕方がなかった。

「ほら、行くよ！」

「ちょ、ひ、引っ張らないでったら！」

メリルに手を引かれ、フィンは村へと駆け戻った。

✦ ◆ ✦

「フィン！　早く馬車に乗って！」

「メ、メリル、手ぶらじゃ無理だよ！　街まで五日もかかるんだから！」

村に置いていかれた二頭引きの客室馬車に駆け寄るメリルを、フィンが慌てて引き止める。

その隣には、フィンたちの食料や身の回りの物などの荷物を運んできた幌付きの荷馬車も一台停めてあった。

「あっ、そうだね！　急いで準備しなきゃ！」

「だ、だから、そんなに慌てなくても……」

家へと駆けていくメリルの姿に、フィンが呆れたようにため息をつく。

そんなフィンの隣に、小走りで追いかけてきていたフィブリナが並んだ。

ハミュンや他の村人たちも、二人のもとへと追いついた。

「きっと、メリルも嬉しくて仕方がないのよ。私だって、同じ気持ちだもの」

「フィブリナ姉さん……」

「さてと。街に行くわけだけど、御者はいいにしても護衛の騎士がいないのよね。困ったわ」

この辺りの地域はあまりにも田舎なため、山賊や追いはぎが出たといった話は、ここ何年も耳にしていない。

しかし、山道を何日も移動するというのに、フィンたち三人だけというのはかなり危険だ。野生の獣に襲われでもしたら、ひとたまりもない。

馬の扱いは貴族学校で習っているのでフィンでも馬車は操れるのだが、獣や山賊のような手合いを相手に戦うといったことは無理である。

「それなら、村の皆が一緒に行きます！　ね、みんな？」

ハミュンの呼びかけに、村人たちからも同意の声が上がる。

彼女の隣にいるアドラスも頷いた。

「護衛の代わりになれるかは分かりませんが、若いのを何人か付き添わせてはいかがでしょうか。大勢のほうが安全かと思います」

「ありがとうございます。お願いします」

「いいんですって！　それに私、一度街に行ってみたいって思ってたんです。今まで一度も、村から出たことがなかったから」

まるで自分もついていくといったふうに言うハミュンに、アドラスが慌てた顔になった。

「お、おいハミュン！　お前がついていっても迷惑だろうが！　大人しく村で待っていなさい！」

「ええーっ!?　別にいいじゃない、おじいちゃんのケチ！」

「アドラスさん、大丈夫ですよ。それに、彼女がいてくれたほうが僕たちも楽しいですから」

フィンの言葉に、ハミュンの顔がぱっと明るくなった。

それを見て、アドラスも仕方がないとため息をつく。

「フィン様がそうおっしゃるのなら……。ハミュン、ご迷惑をおかけするんじゃないぞ」

「大丈夫だって！　任せてよ！」

そうしていると、家の戸口からメリルが顔を出した。

「ちょっと！　しゃべってないでフィンたちも手伝ってよ！」

「あ、ごめんごめん。今行くよ」

「もう！　どうしてフィンより私のほうが喜んでるのよ。こんなの不公平だわ！」

「し、知らないよ……」

困ったように頭を掻くフィンに、フィブリナやハミュンたちの笑い声が響いた。

◆

旅の用意を整え、村を出発してから数時間後。

フィンたちは日の暮れかかった暗い山道を、馬車を先頭にしてぞろぞろと進んでいた。

村人たちは十人ついてきており、ハミュンも一緒だ。皆、村で使っていたナタや手斧、狩猟用の弓などで武装している。

彼らは足腰がかなり丈夫なようで、整備されていない狭くてガタガタな道を歩いているというのに、疲れた顔一つ見せていない。

馬車に揺られているフィンたちのほうが、参ってしまっているくらいだ。

「フィン、日が暮れてきたわ。そろそろ野営にしましょう」

御者台で手綱を握るフィンに、背後の客室からフィブリナが声をかける。

「うん、そうだね。皆さん、今日の移動はここまでにしましょう！　野営準備にかかってください！」

フィンが馬車を止め、皆に呼びかける。

彼らは元気に返事をすると、ばたばたと荷馬車から荷物を降ろして食事の準備に取りかかった。

フィンも御者台を降り、客室から降りるメリルとフィブリナに手を貸す。

「メリル、私たちも手伝いましょう」

「うん」

すると、ハミュンが芋を一つ手にして二人に駆け寄ってきた。

「あの、メリル様。フィン様の祝福で、メリル様の祝福を強化したらどうなるのでしょうか？　このお芋とか、すぐに美味しくなっちゃうんでしょうか？」

「どうだろ？　試してみよっか」

「はい！　フィン様、お願いします！」

「あ、うん……って、強化ってどうやるんだろ？」

フィンは今さらながら、まだ祝福を意識して使っていなかったことに気がついた。

フィブリナの祝福を強化したときは、おそらく無意識のうちにそうしていたのだろう。

「念じればいいんじゃないかな？　この人の祝福を強化したいって」

「うん、分かった。手もかざしてみようかな」

フィンがメリルの頭に手をかざす。

——メリルの祝福を強化してください。

誰に頼んでいるのか自分でも分からないが、そう願いを込めて念じる。

すると一瞬、メリルの体が青白く光った。

「わわっ!?」

「あ、今光ったね。これでいいのかな?」

「そ、そうなのかな……?　全然実感がないんだけど……」

「メリル様!　はやくはやく!」

ハミュンが待ちきれないといった様子で、メリルを急かす。

他の村人たちも、様子を見に集まってきた。

「うん、分かった。何か、お昼の食べ残しとかあるかな?」

「食べ残しですか?　この芋じゃダメなんですか?」

「芋じゃ、見た目で分からないからね。腐った食べ物とか、古くなったものだったら見た目ですぐに分かるからさ」

「なるほど!　ちょっと探してきます!」

ハミュンが荷馬車に走り荷物を漁ると、今朝切ったアプリスが見つかった。フィンの事件があったために、半分に切られたまま手をつけずに荷物に入れておいたのだ。

半日も時間が経ってしまっているため、切り口は変色したうえに乾燥してしわしわになっている。

「メリル様、これをお願いします！」

「おっ、これなら分かりやすいね」

メリルがハミュンの持つアプリスに手をかざす。

その途端、アプリスが淡い光に包まれて、変色してしわしわになった切り口が急速に瑞々しさを取り戻し始めた。

そして、ものの二秒ほどで、まるで今切ったばかりのような見た目にまで変化した。

「わっ!?　い、一瞬で完了しちゃった……。なんだか、すごく光ってたし」

「す、すごい……なんだこれ……」

祝福を使ったメリルだけでなく、それを強化したフィンも愕然（がくぜん）とした声を漏らす。

見ていた他の者たちからも、おおー、と歓声が上がった。

「効果が強いと光るのかな？」

「あ、光はもともと出るよ。暗いところでやらないと分からないくらいの、弱い光だったけど。高品質化が完了すると、光が消えるの」

「そうだったんだ。知らなかったよ」

「あはは。私、フィンの前で祝福を使ったことなんてなかったもんね」

「あ、あのっ！　食べてみてもいいですかっ!?」

「うん、いいよ」

「で、では……！」

メリルの許可を得て、ハミュンがアプリスにかぶりついた。

シャクッという瑞々しい音が、その口元から響く。

もぐもぐと咀嚼(そしゃく)し、彼女は目を見開いた。

「す、すごく美味しいですよこれ！　村で食べたときよりも、段違いで美味しいです‼」

「えっ、本当⁉」

「はい！　食べてみてください！」

食べかけのアプリスをメリルが受け取り、齧(かじ)る。

「……んっ！　本当だ！　すごく美味しい‼」

「ぼ、僕にも食べさせて！」

フィンがメリルの手からアプリスをひったくって齧ると、その豊潤な甘さと瑞々しさ、そして香りに目を見開いた。

生まれ変わる前にもいろいろと果物を食べた記憶はあったが、間違いなくその中でも一番美味しいと言い切れる。

「美味しい……！　すごいよメリル！　この祝福があれば……って、どうしたの？　顔が赤いよ？」

「う、うるさいわね！　別にいいでしょ！」

「えっ、もしかして、間接キスとか考えてるの？　それくらいのこ――」

「うううるさい、うるさい！　照れるに決まってるでしょ、このバカ‼」

「ちょっ、た、叩かないでよ⁉　子供じゃないんだから！」

ポカポカとメリルに叩かれながらも、フィンは笑っていた。

これほど心にゆとりがあるのは、記憶を失う前以来だ。

「でも、本当にこれはすごいよ。ここまで祝福が強化されるなら、もう怖いものなしだよ」

「怖いものなし？　どうして？」

「僕の力を使えば、ろくな祝福じゃないって言われて底辺扱いされてた貴族でも、一気にエリートになれるんだよ？」

フィンの言葉に、フィブリナが頷く。

「そうね。そういった人たちにとって、フィンはまさに救世主よ。きっと、大事件になるわ」

「救世主……うん、確かにそうだね」

メリルはそこまで言って、「あ！」と声を上げた。

「な、なら、オーランド様に早くこのことを伝えないと！　そうすればまた――」

「メリル！」

また街に戻れる、と言いかけたメリルを、フィンが慌てて止める。

それで彼女も、周りにハミュンや村人たちがいることを思い出した。

彼女たちにとって、三人は村を発展させてくれる希望の光なのだ。

それに、フィンは村を離れるつもりはなかった。

村人たちの期待を裏切りたくないというのもあったが、いくばくかの野心もある。

今こそ、前世の記憶とこの力を使い、『ポンコツの祝福なし』の汚名を返上するときだ。

今まで馬鹿にしてきた連中を見返し、ずっと自分を支えてくれたメリルとフィブリナたちに恩返しをするのだ。

「兄さんたちには、教会に行った後でこのことを伝えるよ。そしたらすぐに、エンゲリウムホイストに戻ろう。皆きっと、僕たちの帰りを待ちわびてるはずだ」

「う、うん」

「フィン様がいれば、村は大発展間違いなしですね！」

弾んだ声で話すハミュンに、皆の視線が集まる。

「フィン様、皆で協力して、村をすっごく大きな街にしちゃいましょう！　フィン様たちがいれば、きっとできます！」

「大きな街……。うん、そうだね。エンゲリウムホイストを、大都会にしてみせるよ」

フィンが微笑んで答える。

「やった！　約束ですよ!!」

「うん、約束する。王都にも負けないくらいの、たくさんの人たちが集まる大都会にしてみせるよ」

「フィン……」

自信に満ちたフィンの姿に、メリルが少しぼうっとした声を漏らす。

いつも人の視線に怯(おび)えながら鬱屈(うっくつ)としていた彼は、もうどこにも存在していなかった。

閑話　諦めた夢を、もう一度

フィンたちがエンゲリウムホイスト村にやってくる、十数日前の夜。

村では、十数人の村人たちが村長のアドラスの家に集まり、一年ぶりに訪れた旅の行商人たちを囲んで宴会をしていた。

といっても酒などはこの村にはないため、いつも食べているダト芋と、池で捕まえてきた魚でのささやかな宴会である。

この行商人たちは、この時期になると毎年やってきている顔なじみだ。王都を拠点に、金属製の食器や酒、塩や砂糖などの調味料をあちこちに売り歩いている隊商である。

この村を経由して別の街に向かい、そこからまた別の街に行って売り物がなくなったら王都に戻る、といったやりかたでオーガスタ王国内を回っている。

「へえ、王都はそれほどまでに発展してきているのですか」

行商人の男の話に、村人の一人が感心したように聞く。

「ああ。王子が祝福の使いかたにだいぶ慣れてきたようでな。あちこちに自ら出向いて、直接祝福を使って回って、作業の手助けをしているみたいなんだ」

「祝福なんて見たことないけど、そんなにすごいものなのかい？」

村人の一人の問いに、行商人たちが一様に頷く。

「すごいなんてものじゃないぞ。王族や貴族の祝福がなかったら、不便すぎて王都じゃ暮らしていけないよ」

「ああ。あんな生活に一度慣れちまったら——」

「ハミュン、こっちに来て話を聞かないのか？」

部屋の隅で飼い猫のピコをこねくり回しているハミュンに、アドラスが声をかける。

「んー、私はいいよ」

そちらには目も向けず、ピコを撫でながら気のない返事をするハミュン。

そんな彼女に、アドラスが怪訝な顔を向ける。

「前の年は、あんなにがっつくように話を聞いていたじゃないか。いったいどうしたんだ？」

「なんだか、最近あんまり興味がなくなっちゃって……。別にいいかなって」

その言葉に、アドラスが小首を傾げた。

今までハミュンは、行商人たちが来るたびに都会の話をせがみ、自分も都会に行ってみたい、とアドラスに訴えていた。それがここにきて、急にどうしたというのか。

「私、ちょっと外に行ってくるね」

ハミュンはピコを抱えたまま、逃げるように家を出ていった。

✦ ✦ ✦

「……はあ、都会かぁ」

庭先の切り株に腰掛け、ハミュンが村を眺める。

見渡す限り畑と森、そして簡素な家ばかり。

ほとんどの村人は寝静まってしまっているようで、明かりの灯っている家は数えるほどしかない。

「……お父さんとお母さんが生きてたら、一緒に街に出かけたりできたのかな」

ハミュンの両親は、彼女が幼い頃に流行り病で相次いで他界した。

両親の記憶はほとんどなく、祖父であるアドラスとずっと二人きりで生活している。

家事はもっぱら、ハミュンの役目だ。家の掃除、水汲み、食事作り、洗濯、そして畑仕事をしているうちに、いつの間にか一日が過ぎていく。毎日毎日、その繰り返しだ。

それらをするのが嫌だと思ったことはない。アドラスの苦労は知っているし、今に至るまで、優しく、時に厳しく自分を育ててくれた彼のことは大好きだ。

自然豊かなこの村も、親切な村の人たちも、幼い頃からの友達の猫たちも好きだし、ずっと一緒にいたいという思いもある。年齢を重ねるにつれて、それがどれだけ尊いものかということも、次第に分かるようになってきた。

だからこそ、ハミュンは気づいてしまったのだ。

行商人の話す都会の話は面白く、いったいどんな場所なのだろうと思いを馳せると心が躍る。

いつか、自分も都会で生活してみたい。もっと刺激のある日々を過ごしてみたい。

そんな思いを、ハミュンは小さな頃からずっと持っていた。

しかしそれは、絶対に叶うことのない絵空事だ。

ハミュンが都会への憧れを口にすると、アドラスはいつも困った顔をして黙ってしまっていた。

その理由が、今なら何となく分かる。

はっきり言って、この村はとても貧しい。

作物の収穫量は毎年食べていくだけでギリギリだし、ネズミやイノシシの食害が多い年などは、それこそ日々の暮らしにも困窮する。お金は行商人との取引や旅人を泊める宿代で手に入るわずかな額しかなく、それらは塩や農具の購入に使ってしまうので余裕など皆無だ。都会に遊びに行くお金も、農作業を放って出かける余裕も、全くありはしない。

それが分かるにつれて、ハミュンはほどんど我儘を言わないようになっていった。

同時に、それまでアドラスにせっつくようにして教わっていた文字の勉強も、しなくなってしまった。都会に行きたいという想いをアドラスに感じさせることで、彼につらい思いをさせてしまうと思ったからだ。

このまま、この村で静かに暮らしていくしかないと、ハミュンは夢を諦めていた。

「ん？　ピコ、どうしたの？」

それまでゴロゴロと喉を鳴らしていたピコがぴたりと動きをやめ、近くの草むらをじっと見つめだした。そろりとハミュンの膝から下り、身をかがめて静かに草むらに近寄っていく。そして、ぱっとピコが草むらに身を躍らせると、「ヂュッ！」という短い悲鳴が響いた。

ピコはすぐに、大きなネズミを咥えて草むらから出てきた。

「おー、すごい！　お手柄だよ！」

足元に戻ってきたピコの頭を、ハミュンがよしよしと撫でる。すると、ピコがハミュンの足元に咥えていたネズミを置き、ハミュンの顔を見上げ、にゃあ、と一声鳴く。

「ん？　もしかして、私にくれるの？」

そうだ、と言うように、ピコがハミュンの足に頭をこすりつける。

「……ありがと。焼いて一緒に食べよっか」

ハミュンはネズミをつまみ上げると、再び家に戻るのだった。

◆

そして、翌朝。

ハミュンはアドラスたちと一緒に、行商人たちを見送るために村のはずれにやってきていた。

「次にお会いできるのは、また一年後ですかな。土産話を楽しみにしていますぞ」

村人たちを代表して、アドラスが彼らに別れの挨拶をする。

「ああ、それまで皆も元気で――」

「あ、いけね！　お頭、ライサンダー家から村の人たちに渡す手紙を預かってたのを忘れてやした！」

思い出したように言う若い行商人を、頭と呼ばれた行商人が睨みつける。

「なんだって？　そんな話、俺は聞いてないぞ？」

「ライサンドロスに寄ったときに、ライサンダー家の使用人に手間賃と一緒に渡されたんですよ。どうせ行くなら、ついでに持っていってくれって。それっきり、すっかり忘れちまってて」

彼の言い分に、仲間の行商人たちが呆れ顔になる。忘れていた彼もそうだが、本来ならば自分で運ぶべき手紙を行商人に預けるライサンダー家の使用人も褒められたものではない。

「まったくお前は……ほら、アドラスさんに渡せ」

「へへ、すんません」

アドラスは手紙を受け取ると、蝋付けされている封を破って開いた。

「ええと……『ライサンダー領内の管理方針の見直しにより、領内の一部区域を分割し、エンゲリウムホイスト村を中心とする一帯を管理するための領主を配置することになった。領主として、ライサンダー家本家より一名、その補佐として分家から二名、計三名の貴族をエンゲリウムホイスト村に期限未定で常駐させることとする。上記の三名は近日中に到着する予定なので、村の者は受け入れの準備を――」

「なっ!?　き、貴族様がこの村に!?」

「領主を配置って、今までずっと放りっぱなしだったのにか!?」

アドラスの読み上げる内容に、村人たちからどよめきが起こった。

「お、おいおい、こりゃあ大変なことじゃないか。こんな小さな村を管理するためだけに、三人も貴族を派遣するって……」

「すげえな。こんな話、聞いたことないぞ」

行商人たちも、あまりの内容に驚きを隠せない様子だ。すると、手紙を持つアドラスに、ハミュンが勢いよく駆け寄った。

「ほ、本当!? 本当に、貴族様がこの村にやってくるの!?」

アドラスの手を掴み、手紙を覗き込むハミュン。しかし、彼女はほとんど文字を読むことができないため、手紙を見ても意味不明だ。しっかり文字の勉強をしておけばよかったと、心底後悔した。

「あ、ああ。ここにちゃんと書いてある。しかし、どうして急に……」

「そうなんだ……この村に、貴族様が来るんだ……!」

自身の言葉を噛みしめるように、ハミュンが言う。

「何だかよく分からないが、嬢ちゃん、よかったな!」

行商人の頭の男が、ハミュンの頭をがしがしと撫でる。

「貴族が直接管理しに来るってことは、きっとこの村は発展するぞ」

「発展って、村が都会みたいになるってことですか?」

「ああ、そうなるかもしれないな！　まあ、どうなるのかは、その貴族次第だけどよ！」

「そ、そっか。うわー、どんな貴族様が来るんだろう！」

期待に瞳を輝かせるハミュンとは対照的に、村人たちは困惑顔だ。

「し、しかし、貴族様が来るっていったって、住んでいただけるような家なんて……」

「どうして急に来ることになったのかしら……。今までこの村に貴族様が来たことなんて、ただの一度もなかったのに」

平民にとって、領主となれるほどの貴族は雲の上の存在である。今までこの村は、あまりにも山深い場所にあるせいで、輸送コストの観点から特に租税を納めるといったこともなく、ただここで暮らすということしか求められていなかった。いわば、完全に放置されていた状態だったのだ。

それにもかかわらず、貴族が三人もやってきて村に住み着くとはどういうことか。『一帯の管理』と手紙には書いてあったが、いったい自分たちは何をさせられることになるのか。

「おじいちゃん、急いで貴族様をお迎えする準備をしなきゃ！」

「あ、ああ……。そうだな」

わくわくして仕方がない、といった様子のハミュンに、アドラスが頷く。

降って湧(わ)いた幸運に、ハミュンはいても立ってもいられないほどに興奮していた。

もしかしたら、ここからすべてが変わるかもしれない。

諦めていた夢を、もう一度見られるかもしれない。

そんな思いを胸に、ハミュンはアドラスの手を取るのだった。

第四話　前代未聞の祝福

エングリウムホイスト村を出発してから、四日後の昼。

フィンたちは険しい山道を抜け、長兄のオーランドが管理する地、ライサンドロスへと到着した。

この地はライサンダー家が先祖代々管理を任され、家名を名付けることを許された由緒ある土地である。

人口は約八千人で、街を中心としてあちこちに鉱山や森、湖を有している美しい土地だ。

しかし、近年では鉱物資源が枯渇してきており、財政はやや悪化している。

それでも、中堅貴族が任される街としてはそこそこの大きさだ。

別の貴族が管理する隣街、そして隣接する王都オーガスタとは馬車で二日ほど離れており、その間には深い森と山が広がっている。

ちなみに、フィブリナたちの両親が管理していた領地は、ここからはやや離れた場所に位置している。

「わあ……皆、街だよ、街！」

馬車の後ろを歩いていたハミュンが、眼前に広がる街並みに喜びの声を上げて駆け出していく。

村とは違い、石で舗装された広い道の両脇には二階建ての家々が立ち並んでいる。

人通りもそこそこ見られ、昼時ということもあってか、そこかしこの家からは炊事の煙が立ち上っていた。

「ライサンダー家の街ってすごいんですね！　どの家も大きいし、お店もいっぱいあるんですね！」

「そんなことないよ。王都とか、もっと大きい他の街に比べたら全然だよ」

「えっ、そうなんですか!?　ここより、もっとすごい街があるんだ……」

ハミュンは想像がつかないのか、はあ、とため息をつきながら街並みを眺めている。

「フィン、先にオーランド様のところに行く？」

御者台に座るフィンに、メリルが客室から声をかける。

「ううん。その前に教会に行って、僕の祝福についてはっきりさせておくよ。じゃないと、兄さんたちに説明するにしても二度手間になっちゃうしね」

「そっか。確かにそうだよね」

「フィン様ー！　なんだかいい匂いがしますよー！」

いつの間にか飲食店の軒先まで行っていたハミュンが、遠目から大声で手を振っている。

その様子に、フィンとメリルがくすりと笑った。

「とりあえず、お昼にしよっか。あそこのお店で済ませちゃおう。メリル、後ろにいる皆にも伝えて。もちろん、代金は僕たちが持つって」

「うん！」

メリルが馬車の窓から顔を出し、皆にそれを伝える。

フィンは背後から響く嬉しそうな声を聞きながら、久しぶりの街並みを眺めるのだった。

✦
✦
✦

それから数時間後。

楽しく食事を済ませたフィンたちは、町にある教会へとやってきていた。

教会は石造りで、高い天井と高価なステンドグラスの窓を備えた立派なものだ。

壮年の神父に事情を説明し、奥にある祭壇へと皆で通してもらう。

「どうぞ、水鏡を覗き込んでください」

「はい」

フィンは祭壇の手前で深く一礼し、置かれている水鏡を覗き込んだ。

水に映った自分の顔が目に映った瞬間、水面にぼんやりと、金色に輝く文字が浮かび上がった。

どれどれ、と横から神父も水鏡を覗き込む。

「こ、これは……！」

神父が驚愕に目を見開き、ぎょっとした顔でフィンを見た。

フィンは脂汗をかきながら、じっと水鏡を見つめている。

「神父様、なんて書いてあるのですか？」

メリルが背後から声をかける。

神父は再び、水鏡へと目を向けた。

「……『転生補助・祝福強化（Ａ＋）。他者の祝福を二十四時間の間、Ａ＋に強化する』。そう書かれています」

「『Ａ＋に!?』」

メリルとフィブリナが同時に声を上げた。

Ａ＋は、祝福の効果の最大値である。

この国でそれほど強い祝福を持っているのは、国王とその息子だけだ。礼拝に来ていた何人かの市民も、それを聞いて目を丸くしている。

「フィン・ライサンダー殿。『転生補助』と女神様のお言葉が出ていますが、これについて何か思い当たることは？」

「……僕は、前世の記憶が残っているんです。きっと、そのことかと」

「ふむ、前世の記憶ですか……。ということは、強化の力はそれに付随するものというわけですね」

神父は頷き、もう一度水鏡を見た。金色の文字は、いまだに水面に浮かび続けている。

「これは、前代未聞の大変な事態です。フィン・ライサンダー殿、あなたのことは、すぐに王家に報告しなければなりません。追って連絡があると思いますので、近日中はあまり遠出をしないようにしてください」

「え、えっと……それがですね、神父様。僕は今、エンゲリウムホイストという村で領主をしているので、ここからだと少し距離が……」

「所在が分かっていれば問題ありません。村を離れて他領へ出向くといったようなことを控えていただければ大丈夫です。これからすぐにエンゲリウムホイストに戻り、大人しくしていてください」

「あ、そういうことですか。分かりました。実家に寄ったら、すぐに戻りますね」

神父に礼を言い、皆で教会を出ようと入り口に向かう。

「フィン」

すると、神父がフィンに声をかけた。

振り向くフィンに、彼は真剣な眼差しを向ける。

「あなたを見舞った今までの苦難は、今日という日のために女神様が与えた試練だったのでしょう。今まで人を恨むことや、憎むこともあったと思います。ですが、それを晴らすためにその力を使ってはいけませんよ」

フィンと神父は、昔からの顔なじみだ。

フィンがライサンドロスに帰省した折、何度もこの場所を訪れて水鏡を覗き込んでは、そのたびに落胆して帰っていく姿を彼は見続けてきた。

それだけに、フィンの心が歪（ゆが）んでしまわないかと、ずっと心配していた。

「はい、神父様。僕は大丈夫です」

フィンが晴れやかな笑顔を、彼に向ける。

「僕は、今まで僕を支えてくれた人たちや、僕を必要としてくれる人たちのためにこの力を使うつもりです。この力で、きっと皆を幸せにしてみせます」

「……余計な心配だったようですね。失礼いたしました。あなたに、祝福の女神の加護があらんことを」

ほっとした様子の神父に見送られ、フィンたちは教会を後にした。

◆ ◆ ◆

教会を出たフィンたちは、街の中心地にあるライサンダー邸へと向かった。

大きな鉄の門をくぐって敷地に入り、馬車を庭先に停める。ハミュンたちにはそこで待つように言い、フィン、メリル、フィブリナの三人で家の中へと入った。

突然現れたフィンの姿に、使用人たちが目を丸くする。

「フィン様？　どうしてここに……」

「いや、ちょっとね。オーランド兄さんは？」

困惑顔の若い侍女に、フィンが尋ねる。

「執務室にいらっしゃいますが……その、今はやめたほうが」

「えっ、何で？」

「それは……」

「フィン？　お前、こんなとこで何やってんだ？」

フィンが怪訝そうな顔をしたとき、廊下の先から次兄のロッサが現れた。

彼はフィンたちの姿を見て、参ったな、とでも言いたげな表情になった。

「おい、まさか田舎暮らしに耐えられなくなって逃げ帰ってきたんじゃないだろうな？　悪いことは言わないから、兄貴に見つかる前に――」

「違うよ、兄さん。逃げ帰ってきたんじゃなくて、どうしても兄さんたちに伝えないといけないことがあって」

「伝えないといけないこと？」

怪訝そうな顔をするロッサに、フィンが頷く。

「うん。僕にもとうとう、祝福が発現したんだ」

ロッサの目が、驚愕に見開かれた。

「えっ、マジか!?　教会で確認したのか!?」

「したよ。それで、その効果なんだけ……ちょ、ちょっと兄さん!?」

そう言いかけたフィンの頭を、ロッサは突然がしがしと撫でた。

「そっかそっか！　いやぁ、お前だけいつまで経っても祝福が発現しないからさ。俺もずっと心配してたんだよ。父上は母上の浮気を疑うし、母上は夜中に一人で泣いてるしさ。昔は神童とまで言われたのに、どうしてこんな不出来の――」

「ロッサ兄さん、気持ちは分かるけど、それを本人に言うのは無神経すぎない？」

「あ、悪い悪い！　悪気はないんだよ！　ただ、びっくりしちゃってさ。つい、な」

慌てて謝るロッサに、フィンが苦笑する。

彼はいつもこんな調子で、言動と態度が軽いのだ。

悪い人間というわけではなく、祝福が発現せず周囲から白眼視されていたフィンに対しても普通に接してくれていた。

ただ、メリルやフィブリナのようにフィンのことを庇（かば）ってくれるようなことは一度もなかった。

そこに他意はなく、ただ彼は彼の好きなように過ごしていたというだけである。要は、良くも悪くもマイペースなのだ。

「それで、どんな祝福が発現したんだ？」

「えっとね、僕の祝福は、他人の祝福を強化する力なんだ」

「祝福を強化？　そりゃ珍しいな。そんな祝福、初めて聞いたよ」

「うん、神父様も驚いてた。すぐに王家に報告するってさ」

「えっ、それってけっこう大事（おおごと）なんじゃないのか？」

驚くロッサに、フィンが頷く。

「すごいことらしいよ。他人の祝福をA＋にまで強化する祝福なんて、前代未聞だって言ってた」

「へえ、A＋にまで……って、A＋!?」

「うん」

こくりと頷くフィンに、ロッサが詰め寄る。

「おま、A＋って王族ぐらいしか持ってないアレだろ!?　ソレがアレしたら、俺や兄貴の祝福もアレするってことに――」

「に、兄さん、落ち着いて」

アレだのソレだの言い始めたロッサを、フィンは慌てて落ち着かせる。

あまりにも唐突な話に、ロッサも混乱してしまっているようだ。

隣で話を聞いている侍女も、目を白黒させている。

「わ、悪い。……で、その祝福の強化は、誰のでもできるのか？」

「多分、できると思うよ。メリルとフィブリナ姉さんのも、もう強化済みだし」

「そうなのか。二人のは確か、『食料品質の向上』と『傷の治癒』だっけ？」

ロッサがメリルとフィブリナに目を向ける。

「二人ともE＋だったよな？　A＋になると、どう変わるんだ？」

「私のは、一瞬で食べ物をものすごく美味しくできるようになったよ」

「私は、大怪我でも数秒で完全に治癒できるようになったわ」

「……マジで？」

「「マジで」」

怪訝そうに聞くロッサに、二人が声をそろえて答える。二人とも、なんだか楽しそうだ。

フィブリナが続けて、口を開く。

「五日前に、フィンが崖から落ちてしまったの。頭は割れちゃってたし、腕や脚も変な風に折れ曲がっちゃったんだけど、私の祝福で完全に治癒させることができたわ」

「嘘だろ……。そのフィンの祝福って、いつ発現したんだ？」

「たぶん、その時に頭を打ったおかげで発現したんじゃないかしら。記憶が戻ったとも言ってるし」

「記憶？　記憶ってアレか？　神童って呼ばれてた頃のやつか？」

ロッサがフィンに目を向ける。

「うん、それも全部思い出したよ。あと、前世の記憶も」

「前世？」

ロッサが小首を傾(かし)げる。

「まあ、それについてはオーランド兄さんにも一緒に説明するよ。ロッサ兄さんも一緒に来て」

「よし、分かった。……と、その前にさ、俺の祝福も強化してみてくれないか？」

「うん、いいよ」

フィンがロッサに手のひらを向けると、ロッサの体が一瞬、青白く光った。

「おおっ!?」

「はい、できたよ」

「……え？　できたって、もう強化したのか？」

「うん」

「本当か？　何も感じないんだけど」

「いいから、使ってみてよ」

「よ、よし」

ロッサは周りを見渡し、何かないかと探す。

ロッサの祝福は『腐敗（D＋）』だ。

基本的に何でも腐らせることができるのだが、効果の目安は、樽一杯分の何かを半日かけてゆっくりと腐らせることができる、といったものだ。

今まで彼はその祝福を使い、酒蔵に通って酒造りの手伝いをしては小遣いを稼いでいた。

「むう、腐らせてもいいものが見当たらないなぁ……。フィン、何か手頃なものを持ってないか？」

「手頃なものって……その辺の窓でも腐らせてみたら？」

「窓？　窓って腐るのか？」

「窓枠なら木だし、腐るんじゃない？」

「なるほど、よし」

ロッサが窓に手を向け、腐れ、と念じた瞬間、窓枠を黒い霧のようなものが覆った。

その途端、木製の窓枠はみるみるうちに黒く変色し、ぼろぼろと崩れ落ちて土になってしまった。

外側に開いていた木の窓が外れ、がたんと音を立てて外に落ちた。

「うおおっ!?」

「うわっ!?」

ロッサが驚いて手を引っ込める。

フィンも、その腐る勢いのすさまじさに後ずさった。

「つ、土になっちゃったね……」

「な、なんだこれ。いくらなんでもヤバすぎだろ……。何か変なモヤモヤが出てたし」

すごいというよりも怖いという感覚が先行するらしく、ロッサの顔が引きつる。

「これ、アレだな。人に使ったら、証拠も残さずに土に還るまで腐り殺せるな」

「ちょ、ちょっと、怖いこと言わないでよ！」

物騒なことを言うロッサを、フィンが慌てて諌める。

「はは、冗談だって。それに、この祝福は生き物っていうか、動物には通用しないし」

「えっ、そうなの？」

「おう。あくまで『物』を腐らせる祝福なんだよ。ま、たとえ生き物に使えたとしても、そんなの気持ち悪くて使う気にはなれないけどな」

「そうだったんだ。でも、木を数秒で土に還せるなんて、すごい力だよね」

「だなぁ。これからはアレだな。酒屋だけじゃなく、肥料屋も兼任してみるかな」

きっと儲かるぞ、とうきうきした表情でロッサが言う。

「生ゴミとか建材の切れ端とかを無料で集めてさ。全部腐らせて、肥料にして売るんだよ。ゴミ処理ってどの街でも問題になってるし、これは俺の時代が来たな」

「あ、ごめん。言い忘れてたけど、強化って丸一日しか持続しないんだ」

「……マジで？」

「うん、マジで。水鏡にそう書いてあったから、間違いないよ」

「そっか……よし、フィン。今日から俺と一緒に暮らそう。『ロッサとフィンのゴミ処理商会』を設立しようぜ！　これで大儲け間違いなしだ！」

「ごめん、それも無理」

「何で!?」

すでにやる気になっていたのか、ロッサが愕然（がくぜん）とした声を漏らす。いちいちリアクションが大きくて面白い。

「エンゲリウムホイストを、メリルやフィブリナ姉さん、それに村の人たちと一緒に大都会にするって約束したんだ。この力を使って、あの場所をこの国一番の大都会にしてみせるよ」

「あのクソ田舎を大都会に？　どうしてそんな約束……」

ロッサが言いかけて、メリルとフィブリナを交互に見た。

そして、おお、と納得したように頷いた。

ロッサはがしっとフィンの肩を抱き、内緒話するように壁際に寄る。

「ちょ、何する――」

「そういうことか。好きな女にいいとこ見せて、今までの評価を覆してやろうってわけだな？」

うりうりと、ロッサがフィンの頬（ほお）を指でつつく。

「えっ、いや。ち、違う……わけじゃないけど」

「はは、やっぱりな。それで、どっちが好きなんだよ？　メリルか？　フィブリナか？　俺としては、気立てもスタイルもいいフィブリナをお勧めするけど」

ちらりとロッサが背後を見やる。

フィブリナは出るところは出ていて、引っ込むところは引っ込んでおり、かなりスタイルがいい。

メリルもフィブリナに比べると少々控えめとはいえ、決して悪くないスタイルの持ち主だ。

「い、いや……その……」

口ごもるフィンに、ロッサが意外そうな顔になる。

「何だ、メリルが好きなのか」

「……うん」

赤くなって頷くフィン。

過去の事故からくる罪悪感によるものだとはフィンも分かっているのだが、いつも自分のために怒ったり庇ったりしてくれたメリルに、人並みならぬ好意を持っていることは事実だ。

ロッサは、そうかそうかとフィンの頭を乱暴に撫でた。

「じゃあ、頑張らないとな！　兄さんは応援してるぞ！」

「あ、ありがと」

よし、とロッサがメリルとフィブリナを振り返る。

「さて、兄貴のところに行くとするか。きっと、驚いて腰抜かすぞ」

「ねえ、今フィンと何の話をしてたの？」

メリルが怪訝そうに眉根を寄せる。

「そりゃ秘密だよ。な、フィン？」

「う、うん」

「なによそれ。私たちには言えないようなことなわけ？」

「言えないなぁ。ま、そのうち分かるって！」

「はぁ？　いったいどういう――」

「おっし、それじゃあ、苦悩に悶えてる兄貴を救いに行くぞー！」

ロッサは明るい声でそう言うと、フィンの腕を掴んで屋敷の奥へと歩いていく。

メリルとフィブリナは顔を見合わせて小首を傾げながら、彼らの後を追った。


「兄貴、入るぞ」

ロッサを先頭に、皆でオーランドの執務室に入る。

窓を閉め切った薄暗い部屋の中、オーランドは部屋の奥の大きな執務机に向かって頬杖をつき、機嫌の悪そうな顔で書類に目を落としていた。

「何だ。夜まで入ってくるなと……フィン？」

ロッサの後ろにいるフィンを目に留め、オーランドが顔をしかめる。

「どうしてお前がここにいる。お前は、エンゲリウムホイストにいるはずだろう」

「は、はい。僕に祝福が発現したので、それの報告に来たのですが……」

睨みつけるようなオーランドの視線を受け、やや萎縮しながらフィンが答える。

「……祝福が？　それは本当か？」

「ああ！　それもすごいのが備わったんだ！　兄貴、これでライサンダー家はもう安泰間違いなしだぞ！」

ロッサがフィンの肩を掴み、オーランドに笑いかける。

オーランドはわけが分からないといった様子で、フィブリナを見た。

「フィブリナ、それは本当か？」

「ちょ、兄貴！　なんでフィブリナに聞き直すんだよ!?」

「お前の言うことは当てにならん」

ぴしゃりと言い切られ、ロッサがおいおいと天を仰ぐ。

「フィブリナ、説明してくれ。どういうことだ？」

「フィンに、他者の祝福を強化する力が備わったんです」

フィブリナが苦笑しながら答える。

「それも、Ａ＋にまで強化する力です」

「……Ａ＋だと？　間違いないのか？」

「はい。すでに教会で確認済みです。神父様にも見てもらいましたわ」

「フィン、今すぐそれを俺に使ってみろ」

「わ、分かりました」

フィンがオーランドに歩み寄り、手をかざす。すると、オーランドの体が一瞬青白く光った。

「終わりました。兄さん、祝福を使ってみてください」

「もう済んだのか？」

「はい」

オーランドは半信半疑といった様子で、目を閉じた。意識を集中して周囲の資源を探ると、途端にオーランドを中心として室内が薄緑色に輝いた。

「おわっ!? な、なんだ!?」

「綺麗……」

ロッサとメリルが声を漏らすと同時に、光が周囲に弾けるように広がり、消えた。

オーランドがイスを蹴る勢いで立ち上がり、窓を開け放って光が走った先を見つめる。

視線の先は、街のそばにある深い森だ。

「これは……! フィン!」

オーランドはばっと振り向き、大声でフィンに呼びかける。

「は、はい!」

「でかしたぞ! よくやってくれた!!」

今までにフィンが聞いたことのないような明るい声でそう言ったオーランドは、フィンに駆け寄るとその両肩を掴み、強く揺さぶった。

「あの森の地下に、石炭鉱脈がある! それに、あっちの鉱山には銀と鉛もあるぞ! これなら、今の状況を打開できる!!」

「えっ、せ、石炭ですか? それに、銀と鉛?」

「ああ! 銀は少し問題があるが、石炭はすごい埋蔵量だ! 地表から数十メートル掘り進まないといけないが、掘れない深さじゃない。すぐに炭鉱作業員を集めなければ!」

オーランドは一息にそう言うと、力が抜けたようにその場に膝をついた。

「兄さん！　大丈夫ですか!?」

「す、すまない。安心したら、気が抜けてしまってな……」

ははは、とオーランドが笑う。よく見ると彼の頬はやつれており、目の下にはクマができていた。

やれやれと、ロッサがオーランドに手を貸して立ち上がらせる。

「フィンたちには言ってなかったけどさ、ライサンダー家の貯蓄は、ほとんど底をついてたんだよ」

「「「えっ!?」」」

フィンたち三人が驚いた声を上げる。

オーランドは、ロッサに同意するように頷いた。

「父上たちは何も言っていなかったが、領内の鉱山はもう閉山寸前の状態だったんだ。俺も、父上のまとめた資料を見て初めて知ってな……」

「そうそう。来年度の使用人の給金すら払えなくなるかもしれないってくらい、収入の当てがなくなってるんだもんな。二人して頭抱えちまったよ」

「そ、そうだったんですか……。あ、それで父上と母上はいつも、あちこちの領地を巡っていたんですね」

「そうだ。鉱脈を見つけたら、採掘量に応じた報酬を貰(もら)うって約束でな。それでなんとか財政を回していたらしい」

「あ、そうは言っても、フィブリナたちのところはまだマシだったんだぜ？　むしろ、そっちの金がなかったら、どうにもならなかったよ」

フィブリナたちの父親の祝福は、フィンの父親と同じ資源探知だ。ただ、祝福の強さがD＋であり、フィンの父親に比べてやや弱かった。

そのため、祝福で領地を発展させるよりも林業に力を入れており、木炭や建材の販売で外貨を稼いでいた。

先の崩落事故の際は、フィンの父親の要請に応じて資源探査に同行しており、夫婦そろって崩落に巻き込まれてしまったのだ。

ちなみに、フィンの母親の祝福は『光源固定（D＋）』。数カ所に一定時間、光の玉を出現させて固定する力だった。

フィブリナたちの母親も、資源探査に役立つ祝福を持っていた。貴族同士の結婚は、政略結婚か祝福の相性で相手を選ぶことがほとんどなのだ。

「まったく。金がないなら、ないなりに回せばいいのに。調度品を付き合いで買うのをやめたり、毎年やってるパーティを中止にするとかさ。無理して祝福だけで食っていこうとしないで、フィブリナのところみたいに別の事業を主力にするってこともできたはずだ」

「そう簡単に言うな。祝福の使い道がなくなっただとか、困窮しているなんて噂（うわさ）が立ってみろ。王家に目をつけられたら、取り潰（つぶ）しってことにもなりかねないんだぞ」

「そうは言ってもなぁ。無い袖を振れっていうほうがおかしいと、俺は思うんだけどな。無理してその場をしのいだって、いずれ破綻（はたん）するのにさ」

「ロッサ、それくらいにしておけ。今さらどうこう言っても仕方ないだろう」

死人に鞭打つようなことを言うロッサを、オーランドがたしなめる。

ロッサの言っていることは正論だが、貴族には貴族としてのプライドがある。それに、祝福を買われて領地を任されている以上、そう簡単に方針を変えることはできないのだ。

「あの、オーランド兄さん。資源探査の祝福なんですけど、さっき鉱山のことを言ってたじゃないですか」

「ああ、それがどうした？」

「鉱山って、ここからだいぶ離れたところにあったと思うんですけど、そんな遠くまで分かるんですか？」

「ああ。おそらく、俺を中心に三キロメートル程度の範囲にある資源は、鉱物だろうが水源だろうが手に取るように分かったぞ」

「す、すごいですね。さすがＡ＋だ……」

「いや、お前の祝福に比べたら霞んで見えるぞ。それほどの祝福、王家もさすがに放ってはおかないだろうな」

「ですよね……放ってはおいてもらえないですよね……」

登用の話がきたらどう断ろうかとフィンが考えていると、ロッサが「そういえば」と話し出した。

「兄貴、さっき銀がどうとかって言ってただろ？　量はどれくらいありそうなんだ？」

「いや、大した量はない。銀よりも、同じ場所に埋蔵されている鉛のほうが多いしな」

「そっか。銀がたくさん出れば、一気に大儲けできたのにな。残念だ」

「そうだな……。しかし、どうして鉛までくっつくようにして埋蔵されているんだろうな。採掘しても、鉛交じりで質が低いと、価値がイマイチだからな……」

「あ、それは銀と鉛が化学結合しやすいからですよ。地中から火山噴火で押し上げられた際に、熱で結合してしまうんです」

突然そんなことを語り出したフィンに、皆が「えっ？」と目を向ける。

「分離するには、硫酸銅と水銀を使えばいいですよ。純銀を取り出せますから」

「……そんな話、初めて聞いたぞ。何でそんなことを知ってるんだ？」

怪訝そうに、オーランドが聞く。

「言い忘れましたが、僕には前世の記憶があるんです。その前世でやっていた『ディスカバリープラネット』というテレビ番組で観ました」

「……ちょっと待て、前世の記憶だと？　どういうことだ？」

オーランドが怪訝な表情でフィンを見る。

「僕はこの世界に生まれる前に、別の世界で生活していたんです。先ほどの知識は、その時の記憶のものです」

「それはつまり、お前は別の人間の生まれ変わりということか？　その記憶も、祝福に付随するものなんだな？」

「あ、はい。そうです。そのとおりです」

ロッサのようにオーランドも多少なりとも混乱するかと思っていたのだが、すんなりと理解した彼の様子に、フィンが面食らいながらも頷く。

「その『ディスカバリープラネット』というのは何だ？」

「テレビという、様々な映像を映し出す機械でやっていた番組です。番組というのは、ええと――」

テレビという機械や番組というものが何なのかを、フィンが苦労しながらも説明する。

オーランドは口を挟まず、黙ってそれを聞いていた。他の皆は理解が追いつかないのか、困惑顔だ。思えば、フィンはこの街に来る間、前世のことについてはメリルやフィブリナにもきちんと話していなかった。

「なるほど、そのような道具がある世界からの生まれ変わりということか。それも、記憶がまるまる残っていると」

「はい」

「教会の水鏡にも、その生まれ変わりについての説明は浮き出たんだな？」

「はい。『転生補助・祝福強化（Ａ＋）。他者の祝福を二十四時間の間、Ａ＋に強化する』と浮き出ました。転生については神父様に聞かれたので、別の世界からの生まれ変わりであることのみ話してあります」

「……二十四時間だと？」

生まれ変わりよりも気になる文言が飛び出し、オーランドがぎょっとした顔になった。

「フィン、祝福の強化は丸一日しかもたないのか？」

「はい。一日限定みたいです」

「一度強化したら二度とできない、ということはないだろうな？」

「それは大丈夫です。ここに着く間、メリルの祝福を何度か強化して確認済みなので」

街に着く以前に、フィンの祝福が制限時間付きであることは判明していた。メリルの祝福を強化した翌日、同じように食べ物を高品質化しようとしたところ、祝福の強化が失われていることが分かったからだ。

ならばといろいろ試してみた結果、重ねがけをすれば継続時間がリセットされることと、同じ者に対して何度でも強化を行えることが分かっている。

つまり、フィンさえそばにいて祝福を定期的にかけ続ければ、その者はＡ＋の祝福を持ち続けることができるのだ。

「そうか……。フィン、エンゲリウムホイストで領主をしろという話は取りやめだ。お前やフィブリナたちにも、ここで俺の力になって欲しい。お前の力さえあれば、あっという間にライサンダー家は大貴族にのし上がることができるぞ」

「すみません。それは引き受けることはできません」

即答したフィンに、オーランドが怪訝な顔つきになる。

「なぜだ？　理由を聞かせてくれ」

「エンゲリウムホイストの人たちと約束したんです。あの地を、王都に負けないくらいの大都会にするって」

フィンがまっすぐに、オーランドの目を見る。

その姿には、以前のようなおどおどした態度は微塵もない。

「あの村の人たちは、僕たちライサンダー家があの地域をろくに管理もせず長年放っておいたにもかかわらず、温かく迎え入れてくれました。僕は、そんな彼らの力になりたいんです。彼らにこそ、僕のこの力は必要なはずです」

「本気か？　あそこを都会にするなど、並大抵のことではないぞ？」

「本気です。必ず、やり遂げてみせます！」

二人のやり取りを、メリルとフィブリナがヒヤヒヤした様子で見守る。

「もちろん、兄さんたちにもできる限り協力はします。頻繁にというわけにはいきませんけど、必要なときは街に戻るようにしますから」

「……そうか。自分の意思で決めたのだな」

「はい」

「分かった。お前の意思を尊重しよう」

すんなりと主張を受け入れたオーランドに、フィンがぽかんとした顔になった。

無理やりということはないにしろ、もっと引き留められると考えていたからだ。

やり取りを見ていた他の三人も、あっけにとられたような表情になっている。

「お前の思うようにやってみろ。お前には、その理想を実現するだけの力がある。今までの後ろ向きなフィンとは違うということを、行動をもって証明するんだ。いいな？」

「は、はい！」

「自分で決めたからには、ライサンダー家の者として恥じぬ結果を残せ。必要があれば、いつでも俺を頼ってくれていい。もちろん、俺もお前を頼ることになるだろうがな」

「オーランド様……」

メリルが感動した表情で、オーランドを見つめる。

メリルは今まで、彼にあまりいい印象を持っていなかった。どこか人間味がなく冷たい雰囲気を纏(まと)っている彼に、暖かみというものを感じたことがなかったのだ。

それがここにきて、これほどまでに優しい言葉をフィンにかけてくれるとは。

「メリル、フィブリナ」

オーランドが二人に顔を向ける。

「すまないが、今後もフィンを助けてやってくれ。これは、ライサンダー家当主としての頼みだ」

「はい！」

「もちろんです。お任せください」

メリルとフィブリナが、しっかりと頷く。

「オーランド様、さっそくですが、必要なものがあります。よろしいでしょうか？」

フィブリナがオーランドに申し出る。

「ああ、何でも言ってくれ」

「領内の下級貴族たちの住所と祝福のリストを見せていただきたいのです」

「リストか。ちょっと待ってくれ」

オーランドが本棚に向かい、分厚いファイルを取り出した。

それは過去数十年から現在に至るまでの領内の貴族たちの情報を記したもので、教会が王家に渡している祝福の情報と同じものが記載されている。

王家同様、領主も領内にいる貴族の祝福は把握しており、必要に応じて報酬と引き換えに呼び出し、仕事を頼むことがあるのだ。

オーランドがそのファイルをフィブリナに差し出す。

「これは、お前たちに渡しておこう。分かっているとは思うが、機密書類だ。取り扱いにはくれぐれも注意してくれ。今後は、特にな」

「分かっています。ありがとうございます」

「他に何か必要なものはあるか？」

「いえ、今のところは」

「そうか。ここには、いつまでいる予定だ？」

「明日の朝には村へ発とうと思っています。早急に村に戻って待機しているようにと、神父様に言いつけられていますので」

「ふむ。確かに、いつ王都から呼び出しがあってもおかしくないからな……。フィン」

オーランドがフィンに顔を向ける。

「お前のその力は絶大だ。利用しようと寄ってくる者が必ず出てくるだろう。特に、女にはくれぐれも注意しろ」

「女、ですか？」

「そうだ。中には悪意を持って利用しようとしてくる人間もいるかもしれない。それを常に頭に置いておけ。何かあったら、すぐに俺に相談しろ」

「は、はい。分かりました」

「いいか、女に対しても一夜限りなどと安直なことは絶対にするなよ。取り返しのつかないことになるからな」

「だ、大丈夫です。そんなことはしません」

「メリル、フィブリナ、お前たちがしっかり見張っておいてやってくれ。目を離すんじゃないぞ」

「はい。しっかり見張っておきます！　フィン、分かったね？」

「大丈夫だって。間違っても、そんなことしないよ」

「ふふ、本当かしら？　心配だわ」

「うわ、フィブリナ姉さん、酷いなぁ。ちょっとは信用してよ」

皆の笑い声が部屋に響く。

部屋に入ってきたときの張りつめた空気は、もう欠片も残っていなかった。

「長旅で疲れているだろう。ゆっくり休んでいくがいい。前世についての話は、夕食の時にでも聞かせてくれ」

「はい。ありがとうございます」

フィンたちはオーランドに一礼し、部屋を出ていった。

◆ ◆ ◆

ロッサはフィンたちを見送り、はあ、とため息をついた。

「兄貴、引き留めないでどうするんだよ。フィンがここにいれば、金策なんて思いのままだってのに」

「バカかお前は。あのフィンが、自分から何かをしたいと言い出したんだぞ。兄の俺たちが応援してやらなくてどうする」

「……兄貴、本当にどうしちまったんだ？　何か悪い物でも食ったのか？」

信じられないといった視線を向けてくるロッサに、オーランドがやれやれとため息をついた。

「お前、俺を冷血人間か何かだと思ってるだろ」

「そりゃあ、今までの兄貴を見てたら、利益優先で動く男だって考えて当然だろ。実力至上主義みたいなところがあったしさ」

「まったく、ずいぶんな言いようだな……。確かに、力もなく努力もしない者に期待などしようがないが、今のフィンはすべてを変える意思と力を持っている。長い目で見てみろ。あいつの行動一つで、ライサンダー家の未来は大きく変わることになるんだぞ」

「……つまり、なるべく好印象を持たれるように、あんなことを言ったってことか？」

「違う」

オーランドが即答する。

「俺はライサンダー家の当主だ。当主たる者、家と領地を守らねばならない。確かに、この間は家のためにフィンを放り出すような真似はしたが、あれは本当にそうせざるを得なかったからだ」

「ええと……さっきの資源探知で金策はできるって分かったから、無理くりフィンをここに引き留める必要はないってことか？」

「ああ。俺としても、フィンが残ってくれればありがたかったがな。だが、本人が領民のために頑張りたいと言っているのに、当主の俺がそれを止めるのは筋違いだろ。エンゲリウムホイストだって、ライサンダー家の領地なんだからな」

「はー……。なんとも、人ができているというか、なんというか」

ロッサが感心半分、呆れ半分といったように言う。

その様子に、オーランドも苦笑した。

「確かに、俺はフィンのことを嫌っていたよ。ライサンダー家の恥だと思っていた」

「え、マジで？　今までフィンをバカにした態度なんて、一度も見せなかったじゃないか」

ぎょっとした顔になるロッサ。

ロッサは今まで、オーランドがフィンに対して一貫して無関心な態度をとっていることは承知していたが、そこまで嫌っているは思っていなかった。

「当たり前だ。嫌いな相手だからといって、ましてや家族に対して蔑んだ態度を取るなど、クズの所業だろう。俺が最も軽蔑する種類の人間だ」

オーランドにとっての嫌悪の表れとは、敵対ではなく関心をなくすということなのだ。嫌いな相手に自分から接触していくなどという無駄な労力は、馬鹿のすることだと考えている。

「祝福がないならば、ないなりに努力して前を向くべきだと俺は思う。自分で自分を諦めているような人間など、俺はとても好きにはなれないな。自分に対しても他人に対しても、以前のフィンは責任感がなさすぎた」

「ふーん……あれ、ということは……もしかして兄貴、俺のこと嫌ってる？」

「以前はそうだったな。家のことに無関心で、全部俺に丸投げだっただろ。だが、最近はよく手伝ってくれるし、別に嫌ってはいないぞ」

「こ、怖ぇ……。好き嫌いがまったく態度に出ない人間が、この世に存在するとは……」

「失礼なやつだ。俺は合理的に行動しているだけだぞ。お前も俺を見習え」

「無理に決まってるだろ……兄貴、やっぱりちょっとおかしいぞ」

「おかしいか」

「絶対におかしい」

その後、ロッサは納得のいかないオーランドから「何がおかしいのか」という質問攻めにあいながらも、二人で今後の金策について話し合うのだった。

第五話　発展に向けて

「はー、外から見てもすごかったですけど、中に入ったらもっとすごかったです。さすが貴族様のお屋敷ですね！」

屋敷の廊下を歩きながら、ハミュンがため息交じりに言う。他の村人も、物珍しげにきょろきょろしていた。

「フィン様、お部屋っていくつくらいあるんですか？」

「客室だけで、十四部屋あるよ。あと、お客さんを招く応接室とか、お酒を飲むためのラウンジとか、いろいろね。お風呂も二つあるから、夜になったら皆も入っていいからね」

「いいい、いいんですか!?　お風呂、使わせていただけるんですか!?」

「うん。夕食後に侍女が呼びに行くと思うから、ゆっくり入って」

皆が嬉(うれ)しそうにざわつく。

村に風呂のある家は一軒もなく、体を洗うときはお湯で拭いたり、川で水浴びをする程度だ。

「お風呂なんて初めてです……。街の人たちも皆、お家(うち)にお風呂があるんですか？」

「ううん、この街には個人でお風呂を持ってる家はあんまりないよ。ほとんどの人は、街なかにある公衆サウナ浴場を利用してるんだ」

「サウナ浴場……えっと、確か、沸かしたお湯の蒸気で温まるお風呂のことですよね？」

「そうそう。よく知ってるね」

「はい。前に、街に行ったことのある人から聞いたことがあって。フィン様のお家のお風呂は、サウナ風呂じゃないんですか？」

「うん。うちにあるのは、お湯に浸かるお風呂だね」

「わわっ！　お湯に浸かれるなんて、すごく贅沢ですね！」

「この街ではそうだね。でも、王都ならどの家にもそういうお風呂はあるよ」

「えっ、そうなんですか？　王都って、裕福な人たちばっかりなんですね」

「あ、そういうわけじゃなくて、王都は国王陛下の祝福があるからなんだよ」

この国の王族は、全員が天候操作型の祝福を持っている。王都は王族の強力な祝福の恩恵を受けることができるため、他の都市とは比べ物にならないほど経済的に発展していた。

国王の祝福は『風量操作（A＋）』。

半径数キロの範囲の風を自在に操ることができる、非常に強力な祝福だ。頬を撫でる程度の微風から超大型ハリケーン級の暴風まで、意のままに操ることができる。

当然ながら王子も同じ祝福でA＋の力を持っており、王都には風量操作A＋の者が二人いるという非常に恵まれた状態にあるのだ。

そのため、王都にはたくさんの風車が並び、人々はそれを動力として日々の暮らしに役立てている。粉挽き機や鍛造機、炉への送風や水の汲み上げに、帆船の川の逆走など、その活用方法は幅広い。王都は全域に上水道が引かれており、人々は水汲みに労力を割くことなく、自由に水を使うことができるのだ。

「す、すごいですね！　天気まで操っちゃうんですか！　それに、水が使い放題だなんて……！」

フィンの説明に、ハミュンが瞳を輝かせる。

川で水汲みをせずに水が使えるなど、ハミュンにしてみれば夢のような暮らしである。一日のうちで一番大変な労働は、水汲みと言っても過言ではないからだ。

「他の王族の方は、どんな祝福を持っているんですか？」

「王妃様は降雪操作（B）だったかな。夫婦喧嘩になると、王城が猛吹雪に包まれるんだって。噂でしか聞いたことないけど。あと確か、王女様は降雨操作（B）だったと思うよ」

「そうなんですか！　風と雪と雨を操れる人が王都にはそろっているんですね。どんな季節でも、お天気なんか気にしないで生活できそうです」

そんな話をしながら、フィンは村人たちをそれぞれ客室に案内していく。

男性陣を全員案内し終えると、最後にハミュンに泊まってもらう部屋に到着した。

付き添ってくれた村人の中で女性はハミュンだけなので、一人で部屋を使ってもらうことになっている。他の男性陣は、二人で一部屋だ。

扉を開け、フィンを先頭に中へと入る。

「あ、あわわ……こんなすごいお部屋を、私一人で……！」

ハミュンがキラキラした瞳で部屋を見渡す。

大きな天蓋付きのベッド。見るからにふかふかなソファー。見たこともないような大きな金属鏡の姿見。ベッド脇の壁に掛けられた、暖かな光を放つお洒落な豆油ランプ。どれもこれも、ハミュンが初めて目にするものばかりだった。

「夕食時になったら呼びに来るけど、それまで街を見て回ったりしててもいいよ。迷子にならないように、注意してね」

「はい！　あの、フィン様たちはどうなされるんですか？」

「僕たちは夜まで、このリストを見ながら、これからのことについて話し合うつもりだけど」

「それは何のリストなんですか？」

「領内の貴族たちが持ってる祝福と住所が載ってるんだ。誰か手伝ってもらえそうな人がいないか、片っ端から見ていこうと思って」

「なるほど。フィン様の祝福で、その人たちの祝福を強化しようってことですね！」

「うん。すぐにってわけにはいかないけど、とりあえず目星をつけておこうと思ってね」

「フィン様、私にも何かお手伝いをさせてください！　一緒に考えます！　きっとお役に立ってみせますから！」

勢い込んで、ハミュンが言う。

「あ、うん。気持ちは嬉しいんだけど……」

「ハミュンちゃん、このリストは他の人には見せられないものなの。だから、悪いんだけど――」

「大丈夫です！　私、ほとんど字が読めませんから！」

フィブリナの言葉に、ドヤッと胸を張ってそう返すハミュン。

フィンたち三人が、唖然とした顔でそれを見る。

「え、あ……そ、そうなんだ」

「よ、読めないならまあ……いいの……かな？」

「……村で字が読める人はいるのかしら？」

フィブリナが聞くと、ハミュンは唇に指をあてて、「んー」と唸った。

「おじいちゃんと、お隣のレリィさん、あとは、えっと……十人くらいは読み書きができる人がいたと思います！」

「そう……。その人たちは、子供たちに文字を教えたりはしていないの？」

「自分の子供には教えてるみたいですけど、子供たちを集めてとかはしてないですね」

「ハミュンちゃんは、文字は習わなかったの？」

「え、えっと……私、勉強が嫌いで、教えるって言われるたびに逃げ回ってたんです……えへへ」

メリルの問いに、ハミュンは恥ずかしそうに頭をかく。

その様子に、フィンは内心「おや？」と首を傾げた。

彼女は村がこれから発展すると聞いて、村人たちの中では一番喜んでいたはずだ。それに、道中でも都会に憧れがあるようなことを何度も言っていた。それならば、読み書きくらいは率先して学んで村を出ようと考えてもいいような気がするのに、と内心不思議がる。

「あっ、で、でも！　フィン様たちが村に来るって聞いてからは、一生懸命勉強はしてたんですよ！

まだ全然ですけど、やる気はあるんです！」

慌てて言うハミュンに、フィブリナがくすりと笑う。

「ふふ、そうみたいね。フィン、いいんじゃないかしら。ハミュンちゃんにも手伝ってもらいましょう」

「うん、そうだね。そうしよっか」

「やった！　フィン様、ありがとうございます！　ささ、どうぞ座ってください！」

部屋の中に走り、ソファーを勧めるハミュン。

フィンは苦笑しながら、ソファーへと向かう。

村に作る施設の一つに『学校』が追加された瞬間だった。

✦ ✦ ✦

数十分後。

とりあえずリストは置いておき、フィンたちはエンゲリウムホイスト村を発展させるための金策について改めて話し合っていた。

道中でもあれこれ話してはいたのだが、思いついた策はそれほど多くはない。

「んー、やっぱり、手っ取り早くお金を稼ぐってなると、手段は限られちゃうなぁ」

方策が箇条書きにされたメモ紙を見ながら、フィンが唸る。

メリルが横から手を伸ばし、メモ紙を取った。

炭焼き、食料品の増産、建材生産などといった案が書かれている。

「やっぱり、一番手っ取り早いのは食料品の販売じゃない？　高品質化は私がいくらでもやるから、作物の生産量を増やすのに注力したらどうかな？」

「それが一番堅実で確実だろうね。そうしようか」

「村でも作っていて長持ちする作物は、ダト芋とパン麦かしら？」

フィブリナがハミュンを見る。

「はい。その二つなら長持ちですよ」

ダト芋とは少し粘り気のある拳大の大きさにまで育つ芋で、見た目も味もフィンの記憶にある地球の里芋と似ている農作物だ。パン麦は名前のとおり、パンに使われる麦である。

「備蓄はどれくらいあるの？」

「パン麦は食料庫に四十袋くらいあったと思います。ダト芋は畑にあるだけなので……ええと、村の皆で三カ月間は食べていけるくらいあります。いつも夏まで、お夕飯はお芋なんです」

「そう……。あんまり売ると皆の食べる分が足りなくなっちゃうから、たくさん売るわけにはいかないわね」

「あ、ならさ！　高品質化したものを売ったお金で、質の悪いものをたくさん安値で仕入れて、それを私がまた高品質化して売ればいいんじゃない？　無限にお金が稼げるよ！」

いいことを思いついた、といった顔でメリルが言う。

その様子に、フィンが苦笑した。

「まるで永久機関だね。でも、それをしちゃうと、あちこちから反感を買うことになるよ。やらないほうがいいと思う」

フィンの意見に、フィブリナが同意して頷く。

「ええ。私もそう思うわ。お金は稼げるかもしれないけど、敵を作ることになっちゃうから」

右から左に大量に品物を動かすだけで大金を手にするような真似をしては、他の生産者から強い反感を買ってしまうに違いない。

貴族の中にはメリルと同じような祝福を持ち、品物を高品質化して売って生計を立てている者もいるにはいる。だが『食料品質の向上』はなかなか珍しい祝福で、持っている者は非常に少ない。

隣の国には『食料品質の向上（C）』を持つ貴族がいるとフィンは聞いたことがあるが、荷馬車一台分の品物を高品質化するには十日ほどかかるとのことだった。

それほど、A＋というのは規格外の力なのだ。やりすぎると、経済のバランスを破壊して、周りが敵だらけになりかねない。下手をすれば、メリルやフィンが命を狙われることにすらなるかもしれない。

「そ、そっか……他の生産者のことも考えないといけないのね」

「うん。皆、生活がかかってるからね。だから、村で作ったものを高品質化して売るだけにとどめておいたほうがいいと思うんだ。値段も、極端に安くして価格破壊みたいな真似はしないように注意する必要があるね」

「そっかー。いい案だと思ったんだけどな……あっ！」

「ん、どうしたの？」

何やら思いついた様子のメリルに、フィンが小首を傾げる。

「確認だけど、〝新しい敵〟を作らなければいいわけだよね？　相手が〝元から敵〟なら、別に気にする必要はないのよね？」

「え？　ま、まあ、そうだけど……。元から敵って、何のことを言ってるの？」

まったく思いつかない様子のフィンに、メリルが「うふふ」と少し黒い笑みを浮かべる。

「ドランのやつよ。あいつのところが独占して作ってる果物を、大量に高品質化して転売すればいいんだわ！」

ドランの家、トコロン家はアプリスなど一部の果物の販売を独占している。

しかも果物の種子を祝福の力で変異させて子孫を残せないようにしているため、買った果物から種子を得て植えたとしても、芽が出ることはほぼない。稀に芽を出すものもあるが、それから実る果物は酷い奇形になってしまい、とても食べられたものではないのだ。

トコロン家はそうして完璧な独占状態を敷き、何百年もの間に莫大な財を築いてきた。

「ずっとフィンをいじめてきたやつだし、自分たちだけで独占するようなやつらなら敵対したって構わないわ！　とっちめてやるんだから！」

いい考えだ、と胸を張るメリル。

いじめ、と聞いてハミュンは「えっ」と小さく声を漏らした。

メリルがそれに気づき、慌てて自分の口を押さえる。

フィブリナが、やれやれ、といったようにため息をついた。

「メリル。そんなことをしたって、トコロン家が私たちへの果物の販売を禁止したらそこまでじゃない。どう考えても長続きしないし、トコロン家に目をつけられて、今度はこっちが嫌がらせを受けるわ」

「そ、そっか……ごめん」

しゅんとして、メリルが下を向く。

「……いや、メリル、それはいい考えだよ」

真剣な顔で言うフィンに、皆の視線が集まる。

「えっ？　い、いい考えって、姉さんが言うように販売を禁止されちゃったら……」

「そうだね、それは困る。でも、僕たちも果物を作れるようになっちゃえば、問題ないよね？」

「……作れるように？」

メリルが怪訝な顔で小首を傾げる。

「フィン、何かいい案があるの？」

問いかけるフィブリナに、フィンがにやりとした笑みを向けた。

「うん、品種改良するんだ。トコロン家の独占を突き崩して、あっと言わせてやろう」

「「品種改良？」」

メリルとフィブリナの声が重なる。

「そう、品種改良。僕が前世で暮らしてた場所では『F1交配種』っていうものがあったんだけど――」

困惑顔の三人に、フィンが説明する。

地球で販売されている作物の種子は、そのほとんどがF1交配種である。

F1交配種とは、優れた発育速度と見た目、味、収穫量を得るために他の植物と交配した第一世代の種子である。これは、雑種交配による第一世代には優性だけが現れ、劣性は現れないという性質を利用したものだ。

F1交配種から収穫した作物は見た目も味も均一なものができやすいため、農業にはなくてはならない存在となっている。ただし、それらから収穫した種子を蒔いて作物を作った場合、今度は劣勢の性質が強く出てしまうため、第一世代のような収穫はまったく見込めない。

「ええと……その性質を、トコロン家の独占してる果物にも応用しようってこと？」

「いや、その性質を利用っていうか、そこから元の品質を作り出す作業をしようと思うんだ」

「フィンはそれ、できるの？　その、研究とかしてさ」

「ううん。僕は専門知識なんてゼロだし、科学的にどうこうみたいなのはできないよ。祝福の力に頼ることになるね」

「なら、トコロン家みたいな祝福を持っている他の貴族を探すってことかしら？」

フィブリナがテーブル上のリストに目を向ける。

「そういう人がいれば、一番手っ取り早いね。でも、他の祝福でもなんとかなるかもしれないんだ」

「もう！　もったいぶってないで、何をどうするのか、さっさと言いなさいよ！」

メリルが業を煮やして、フィンの肩を揺さぶる。

「わ、分かったって！　ええとね、トコロン家が売ってる果物の種って、蒔いてもほとんど芽が出ないし、出ても生る実は奇形だったりするだろ？」

「そうよ。自分たちも栽培できたらって思って、今まで大勢の人が試してみたらしいわ」

「そこだよ。奇形の実ができたら、その種を採って栽培するんだ。その中からそこそこマシな実を付けた果物からまた種を採って、同じことを繰り返すんだよ」

「何度もそれを繰り返しているうちに、そのうちまともなものが採れ始めるってこと？」

フィブリナの言葉に、フィンが頷く。

「そのとおり。時間はかかるかもしれないけど、ずっと繰り返していれば、いつかきっとまともな果物が収穫できるようになるはずだよ」

品種改良には、人為的に突然変異を発生させたり、交雑させたりといった方法があるが、求める品質のものをひたすら次の世代につなげていくというのも、品種改良手法のうちの一つだ。

これには数十年の時間をかけることもザラだが、この世界には祝福がある。

「ふーん……なら、それに会った祝福を持ってる人を探さないといけないわね」

「うん。リストを見て探してみよう」

「フィン、それならいい人がいるわ」

フィブリナに皆の視線が集まる。

「いい人？」

「ええ。『春の貴婦人』って言えば分かるかしら？　この辺りだと、けっこう有名な人なんだけど」

「えっ？　いや、聞いたことないけど……」

「春の貴婦人……ああ！　あちこちの庭園に呼ばれて、花を咲かせて回ってる人ね！」

なるほど、とメリルが頷く。

ハミュンは興味が湧いたのか、身を前に乗り出した。

「お花を咲かせることができる人がいるんですか!?」

「ええ、そうよ。季節に関係なく、どんな花でも咲かせることができるの。あちこちの貴族の庭園にひっぱりだこなんだから」

「わあ、すごいですね……！　お花を咲かせられるなんて、すごく素敵な祝福ですね！」

「ふふ、そうね。私もそう思うわ」

「……花を咲かせられるってことは、成長促進系の祝福ってことか。もしそうだとしたら、僕たちのやろうとしてることには、ぜひ必要な人材だね」

「でしょう？　先月くらいに、その人が近いうちにライサンドロスに来るって話を耳にしたことがあって。夕食の時にでも、オーランド様に聞いてみましょう」

「フィブリナ様！　花を咲かせる貴族様のお話、もっと聞かせてください！　どういうお仕事ぶりなんですか？」

ハミュンが興味津々といった様子で尋ねる。

「んー、私も実際に祝福をかけているところを見たわけじゃないから……あ、でも、彼女が花を咲かせた庭園は見たことがあるわよ」

「えっ、そうなんですか!? どんな庭園だったんですか!?」

「えっとね。あの時はまだ冬が明けて、雪が残っている頃だったんだけど――」

その後、夕食の時間になるまで、皆はフィブリナから春の貴婦人の話を聞いて過ごしたのだった。

◆ ◆ ◆
「ああ、スノウ・レンデル氏のことか」

夕食時、フィンがさっそく『春の貴婦人』ついて尋ねると、オーランドはすぐに頷いた。

祝福や領内の事情に関する話をすることになるので、ハミュンをはじめとした村人たちは別室で食事中だ。

「今は街の中心街にある、フィリジット家に滞在しているはずだ。スノウ氏に会いたいのか？」

「はい。その人に協力してもらって、果物の品種改良をしようと思っています。エンゲリウムホイストで、果物の栽培をしたくて」

先ほどメリルたちと話した内容を、フィンがオーランドとロッサに説明する。

トコロン家が独占販売している果物を自分たちでも栽培できるようにしよう、という計画だ。

「ふむ。彼女の祝福は確か、『植物の成長促進（D＋）』だったな」

オーランドの話に、ロッサが頷く。

「ああ、俺も聞いたことがある。あの祝福はかなり珍しいらしくて、同じ祝福を持ってる貴族は国内には一人もいないんだってな。それと、かなりの美人だって話だぞ」

「へえ、そうなんだ。何歳くらいの人なの？」

「二十代後半らしい。結婚して数年で、旦那に先立たれてるんだってさ。いろんな貴族が言い寄ってるんだけど、まったく相手にされないいんだとよ。どうだ、興味湧くだろ？」

ロッサが、にやりとした笑みをフィンに向ける。

「そ、そうだね……。ていうかロッサ兄さん、よくそんなこと知ってるね」

「バカお前、貴族の間じゃ有名な話なんだぞ？　お前が他の貴族と情報交換しなさすぎなんだよ」

「……フィブリナ姉さん、そうなの？」

話を振られたフィブリナが、フィンに苦笑を向ける。

「そうね、確かに有名な話かな……。私はそういう噂話(うわさばなし)、あんまり好きじゃないのだけれど」

「フィン。スノウ氏に協力を仰ぐつもりなら、説得の仕方には注意したほうがいいぞ」

オーランドの言葉に、フィンが小首を傾げる。

「えっ、どういうことですか？」

「彼女の性格の問題だ。彼女は、話をして気に食わない相手の仕事はけっして受けないという噂だからな」

「そうなんですか……。気に食わない相手の特徴って、分かります？」

「金を積んであちこち引っ張りまわそうっていうやりかたは、絶対にダメらしい。逆に、金のない養護院とか一般市民からの依頼には、それこそ子供の駄賃くらいの金で引き受けるっていう話だ」

「なるほど、何となく分かりました。大丈夫です、上手く説得してみせますよ」

「そうか。フィリジット家には使いを出して、スノウ氏に少し時間を取ってもらうよう頼んでおこう。いつ頃会いに行くつもりだ？」

「できれば、明日の朝にでも。早く村に戻らないといけないので、あまり長くはこちらにいられませんし」

「む、なかなか急な話だな。分かった、伝えておこう。それと、フィリジット家の者の祝福は、これからフィンたちのやろうとしていることに合っているかもしれん。一緒に誘うかどうか、検討してみてもいいかもしれないな」

「そうなんですか。どんな祝福を持ってるんです？」

「フィリジット家の者の大半の祝福は、水に対して作用するものだ。後でリストを確認してみろ」

「分かりました」

「それにしても、フィンにしてはずいぶんと思い切ったっていうか、過激なことを考えたなぁ」

料理を頬張りながら、ロッサが感心したように言う。

「えっ、そんなに過激かな？」

「過激も過激だろ。独占を突き崩すってことは、トコロン家と完全に事を構えようって話だろ？けっこうな騒動になると思うぞ」

ロッサの言い分に、オーランドも頷く。

「うむ。トコロン家は果物の独占販売で、国でも有数の金持ち貴族だからな。王家への上納金も桁外れだし、他の貴族たちへの発言力も絶大だ。独占が崩れるとなると、かなりの大事になるだろう」

「オーランド様は、この計画には反対なのですか？」

メリルが心配げにオーランドに尋ねる。

「いや、反対はしない。『貴族たるもの、女神様より授かった祝福の力を、国と民のために存分に使え』というのが国の方針だしな」

オーガスタ王国においては、他者を虐げるような祝福の使いかたをしない限り、貴族は自らの持つ祝福の力を存分に使って財をなすことが奨励されている。

ただし、ただ金を集めるだけではなく、その利益を自らの領地に還元し、国の発展に尽力することが大前提だ。

トコロン家は果物の独占によって他国や他領から収益を得ており、その金を使って自らの領地の発展を推し進めている。果物価格の高騰という、一般市民にとっては嬉しくない状況を招いているが、国の発展には大きく寄与しているので、黙認されている状態だ。

「フィン、果物の栽培が成功したとしても、それにあぐらをかくような真似はするんじゃないぞ。常に謙虚さを忘れるな。必ずしも味方を作る必要はないが、敵を作ることだけは可能な限り避けろ。それが上手な生きかたというものだ」

「はい、分かっています。大丈夫です」

「なあ、フィン。明日は俺も一緒についていっていいか？」

横からロッサが口を挟む。

「いいけど、どうして？」

「春の貴婦人がどんな人なのか、会ってみたくてさ。どれほどの美人なのか、一目拝んでみたいんだ。分かるだろ？」

「そ、そっか……。うん、いいよ」

「おっ、ありがとな！　優しい弟を持てて、兄ちゃんは幸せだぞ！」

いひひ、とロッサが歯を見せて笑う。

「まったく、男ってやつは……」

「まあ、そういう生き物なのよ。気にしないことね」

そんな二人のやり取りを、メリルとフィブリナは呆れ顔で見るのだった。

◆

翌朝、フィンたちはフィリジット家へとやってきていた。

フィリジット邸はごく普通の一軒家といった外観で、周囲にある一般市民の家よりやや大きい、といった程度だ。小綺麗な白壁を備えた二階建ての邸宅を、美しい花を咲かせた蔓植物の絡んだ柵がぐるっと囲んでいる。

「わあ、おしゃれなお家ですね！」

ぴょん、と馬車から飛び降り、ハミュンがフィリジット邸を見上げる。どうしてもついていきたいというので、村人たちの中で彼女だけが一緒に来たのだ。

ハミュンは玄関扉の前に置かれた鉢を見て、驚いたように目を見開いた。

「あ！　あの花、テュレットですよ！　もう少し暖かくならないと咲かないお花です！」

「あら、本当ね。すごく綺麗に咲いてるわ」

「すごい……このお家、花だらけだよ！」

フィブリナとメリルも馬車を降り、背の低い柵の扉越しにハミュンと花を眺める。

扉の向こうにはいくつも植木鉢が置かれ、色とりどりの花が咲いていた。どれもこれも、今の時期には咲かない花ばかりだ。

「おい、フィン」

フィンの隣に降り立ったロッサが、小声でフィンに話しかける。

「ん、どうしたの？」

「もし、春の貴婦人が噂どおりの美人だったらさ、俺にも少し話をさせてくれないか？」

「別にいいけど、何を話すの？」

「そりゃあ、村への誘いの話を交えてさ。俺も一緒に手伝うから、みたいな話をするんだよ。第一印象ってのは大切だからさ、いい感じにしておきたいんだ」

「えっ、ロッサ兄さんも、エンゲリウムホイストに来てくれるの？」

驚くフィンに、ロッサは「いやいや」と手を振る。

「ちょこちょこ手伝いには行くつもりだけど、住み着くってのは勘弁だな。兄貴を手伝わないといけないし、正直、田舎暮らしは向いてないと思うし」

「そ、そう。じゃあ、手伝うっていうのはどういう意味？」

「ほら、俺の祝福って『腐敗』だろ？　植物の成長促進の祝福とは、相性がいいと思うんだよ」

祝福によって植物の成長を促進させても、肥料がなければろくな成長は見込めない。ロッサの言うとおり、肥料を作り出せる彼の祝福はスノウの祝福とはかなり相性がいいだろう。

「品種改良でひたすら植物を成長させるとなると、肥料もたくさん必要になるだろ？　まあ、元からいくらでも手伝うつもり――」

ロッサが言いかけたとき、庭のほうから一人の女性が歩いてきた。

栗毛(くりげ)色の長い髪を三つ編みにした、とても柔らかな雰囲気の女性だ。おっとりとした顔立ちの、かなりの美人である。

「こんにちは。スノウ・レンデルと申します。ライサンダー家の方でしょうか？」

まるで鈴を転がすような美しい声で、その女性――スノウが言う。

「はい。急な訪問になってしまい、申し訳ございません。私はフィン・ライサンダー。こちらは兄のロッサです。本日は折り入ったご相談がありまして、お時間をいただきました」

「承知しました。フィリジット家ご当主のモーガン様から、庭を使っていいと言われています。そちらでお話を聞かせてください」

スノウが門戸を開き、どうぞ、と皆を招く。

「ありがとうございます。……ロッサ兄さん？　どうしたの？」

スノウを見つめたまま微動だにしないロッサに、フィンが怪訝そうな顔を向ける。

「……え？　あ、わ、悪い。行こうか」

ロッサが、はっとしたように答え、敷地へと足を踏み入れる。

フィンは小首を傾げながら、その後に続いた。


「わわっ、すごいです！　こんなにお花が咲いてるなんて！」

たくさんの草花が咲き誇る美しい庭園に、ハミュンが瞳を輝かせる。

木陰にはテーブルとベンチが置かれ、ガラスポットに入れられたハーブティーが用意されていた。

「どうぞ、お座りください」

「素晴らしいお庭ですね。こんなにたくさん花が咲いている庭なんて、見たことがありません。本当に綺麗です」

ベンチに腰掛けてフィンがそう言うと、スノウはにっこりと微笑んだ。

「ふふ、ありがとうございます。いくつかお持ち帰りになられますか？」

「えっ、いいんですか？」

「はい。ここで咲いた花は、少し経ったら切り花にして、ご近所に配っているんです。モーガン様にもご了承いただいていますので」

「そうなんですね。フィリジット家の方にも挨拶をしたかったのですが……。後でライサンダー家が礼を言っていたとお伝えください」

当主のモーガンは現在不在で、早朝から家族を伴って隣の領地へお茶会に出かけているらしい。

お茶会といっても客人としてではなく、祝福を使って変質させた水でお茶を淹れる依頼を受けたとのことだ。

「えっと、さっそくですが、本題のほうを。レンデルさんに、ぜひお願いしたいことがあって――」

フィンが、エンゲリウムホイスト村で始めようとしている計画についてスノウに説明する。

片田舎であるあの一帯を発展させ、住んでいる人々の生活を豊かにしたいということ。

そのために、いろいろな祝福を持つ貴族の力を借りたいということ。

将来的には、エンゲリウムホイスト村を中心として、この国を飛躍的に発展させたいということ。

「す、すごいお話ですね……。片田舎を国の中心に、ですか」

「突飛な話に聞こえるかもしれませんが、僕たちは本気です。どれだけ時間がかかるかは分かりませんが、必ず成し遂げてみせます。エンゲリウムホイストのように山深い地域でも、力を尽くせば王都にも負けないくらい発展させられるということを、世に知らしめるんです」

「フィン様……！」

力強く言い切ったフィンを、ハミュンがキラキラした瞳で見つめる。

スノウはそれを見て、再びフィンに目を向けた。

「あの、彼女はもしかして？」

「ええ、エンゲリウムホイスト村の住民です。僕たちを心配して、ライサンドロスにまでついてきてくれました。僕は絶対に村を大都会にすると、彼女や村の人たちに約束しています」

「……素晴らしいお考えですが、必ずやれるという根拠はあるのですか？」

スノウが真剣な表情でフィンを見る。

「あります。僕の祝福があれば、きっとできるはずです」

「失礼ですが、フィン様はどのような祝福をお持ちなのですか？」

「僕の祝福は、他人の祝福をA＋にまで強化する祝福です」

フィンが言うと、スノウはぽかんとした表情になった。

「……あの、すみません。もう一度おっしゃっていただけますか？」

「他人の祝福をA＋にまで引き上げる祝福です。二十四時間だけという制限付きですが、何度でも強化することができるんです」

「そ、そんな祝福が存在しているなんて、今まで聞いたことがありませんが……」

「僕の祝福はつい数日前に発現したもので、まだ知っている人はほとんどいないんです。レンデルさん、試してみませんか？」

「えっ、試すって、私の祝福をですか？」

「はい。レンデルさんさえよければ、ぜひ」

スノウは少したじろいだ様子だったが、やがて頷いた。

「……では、お願いします」

「よかった。それじゃ、さっそく」

フィンがスノウの頭に手をかざすと、彼女の体が一瞬、青く光った。

「できました」

「えっ、もうできたのですか？」

「はい。レンデルさんの祝福は、Ａ＋になっているはずですよ」

「Ａ＋に、ですか……」

スノウが自らの手を見つめる。

ロッサやオーランドの時もそうだったが、強化されても実際に使ってみるまでは、感覚的に何か変化を感じるといったことはないようだ。

「試しに、祝福を使ってみてください。ただ、ものすごく強力になっているはずなので、少し抑えるつもりでやったほうがいいと思います。誰でも最初は、加減が分からないみたいなんで」

「……分かりました。やってみますね」

スノウが立ち上がり、庭一面に広がる草花に目を向ける。

わずかに彼女が目を細めた途端、蕾（つぼみ）を付けている草花たちが黄金（こがね）色に淡く輝き出した。

庭一面に蛍が現れたかのように、無数の光が灯（とも）っている。

「わあ、綺麗……！　あっ、フィン様！　あそこの蕾が開き始めましたよ！　そこのも、それにそっちのも！」

「す、すごい……！　なんて光景なのかしら……」

ハミュンとフィブリナが驚愕の眼差しでその光景を見つめていると、すべての蕾が一斉にゆっくりと開き始めた。

全員が息を呑んでその幻想的な光景を見つめるなか、わずか一分ほどで庭のすべての蕾が花開き、光は収まった。それまででも十分に美しかった庭園は、すべての花が咲き乱れて、とても賑やかな景観になっていた。

「す、すごいですね。もしかして、蕾だけを選んで成長させたんですか？」

蕾が開いた以外は、他の植物に成長は見られない。まるで蕾を狙い撃ちしたかのような見事な手際に感嘆したフィンが、スノウに問いかける。

「はい。蕾だけが開くように調節してみました」

「そんな細かい作業もできるんですね。それは、前からできたのですか？」

「いえ、以前は目の前にある草花を、まとめてゆっくりと成長させることしかできませんでした。でも今は、この辺り一帯のすべての植物の状態が手に取るように分かるようになっています」

「この辺り一帯？　それって、どれくらいの範囲ですか？」

「私を中心として、半径三百メートルくらいだと思います。今、その草花たちがどんな状態にあるかが、感覚的に分かるんです」

「どんな状態にあるか、ですか？」

「はい。言葉では上手く言い表せないのですが……成長具合が把握できるんです。栄養が足りているとか、もうすぐ蕾が開きそうだとか。A＋が、これほどの力だなんて……」

Ａ＋の祝福のすさまじさに、スノウは口元に手を当てて額に汗を浮かべている。

それはフィンとて同じで、まさかそこまでの能力になるとは思ってもみなかった。

ただ成長させるだけではなく、広範囲の植物の状態が手に取るように分かるのであれば、誤って成長させすぎたり枯らせてしまったりといったこともなくなるだろう。

オーランドやフィブリナの祝福もＡ＋になった途端にとんでもないものになったが、スノウのそれもまさに規格外といったレベルの強力さだ。

「そ、それはすごいですね……。で、どうでしょう。その祝福で、僕たちに協力していただくことはできないでしょうか？」

「……確かに、フィン様の祝福があれば、どんなことだってできそうですね」

ふう、とスノウが息をつき、ベンチに腰掛ける。自らに備わった祝福の強力さに、戦慄（せんりつ）している様子だ。

「私に何をやらせたいのか、詳しくお話を聞かせていただけますか？」

「ええ、もちろんです。実は――」

フィンが、トコロン家が独占している果物を自分たちでも作れるようにしたいという計画を、かいつまんで説明する。

スノウはその説明に、黙って耳を傾けていた。

「今この国では、ほぼすべての果物は高級品です。一般の人たちが気軽に食べられるようなものではないし、それらを今まで一度も食べたことがないという人もたくさんいます。僕はその現状を変えたいんです」

「果物を誰でも食べられるような、安価で身近なものにするということですか？」

「そのとおりです。今、果物はトコロン家が種子を独占していて、価格は彼らの思うがままです。でも、そんな状況は間違っていると僕は思います」

「……私に、それらの果物の栽培をしろということですね？」

「はい。実から取れる種子には、中には芽を出すものが稀にあるようなんです。それを使って――」

「失礼ですが、上手くいくとはとても思えません」

フィンの言葉を遮り、スノウがため息交じりに言う。

「ひょっとして、試したことがあるんですか？」

「はい。私も自分で果物を育てられたらと思って……。芽を出す種子はいくつか見つけることができたのですが、実を生らせても奇形ばかりなので諦めてしまいました」

「それは、どれくらいの期間試したのですか？」

「え？　期間ですか？　半年くらいかけて、なんとか三本ほど……」

スノウはそこまで言い、まさか、という顔になった。

「……ひょっとして、まともな実を付ける木が見つかるまで、ひたすら種から育てさせようと考えているのですか？」

「いえ、そうではなくて、奇形の実から取った種をまた植えて、その中から比較的まともな実を付けるものを選別して、またその種を取るということを繰り返すんです」

「選別……新しい色の花を作り出すときと、似たような手法をやるということですね？」

「あ、手法はご存じでしたか」

「はい。別種の花を掛け合わせて、新しい色合いの花を作ることは前からやっています。複数育てた中から目当てに近いものを使って、また別の花と掛け合わせて目的の色合いに近づけていくんです。それと同じようなことをやるのですね？」

「ええ、そのとおりです。普通ならば長い年月が必要ですが、レンデルさんの祝福があれば、その期間を大幅に短縮することができると思うんです。どうか、力を貸してはもらえないでしょうか」

「もう一度お聞きしますが、果物をすべての人々が食べられるようなものにするのですね」

「はい。そうなれば、きっと皆が笑顔になれます。瑞々しくて美味しい果物が嫌いな人なんて、そうそういませんから」

「……分かりました。ぜひお手伝いさせてください」

にっこりと微笑んで答えるスノウ。

皆がほっと息をつくなか、彼女が再び口を開く。

「それと、果物だけではなく、お花を育てる事業も始めさせてはいただけないでしょうか。たくさんの花を育てる農園をやってみたいと、以前から思っていたもので」

「ええ、もちろんいいですよ！　ぜひやりましょう！　それと、他にも何か案を思いついたら、何でも言ってくださいね」

「ありがとうございます。フィン様のお力添えがあれば、きっと素晴らしい農園が作れると思うんです。国一番の花畑が作れそうですね」

「それは楽しみですね！　それと、後出しになってしまって申し訳ないのですが、初めのうちはあまりたくさんはお給金を出せそうになくて……。収入が安定してきたら相応の額は出すようにしますから、それまでは我慢していただけると……」

「ふふ、大丈夫ですよ。食べるのに困らない程度にいただければ十分です。あと、私のことはスノウと呼んでいただければと」

「分かりました。では、スノウさん、エンゲリウムホイストに来ていただきたい日取りなのですが……その前に、ロッサ兄さん、何か話すことがあったんじゃなかったっけ？」

先ほどから一言も発しないロッサを、フィンがちらりと見た。

呆(ほう)けたような表情でスノウを見ていたロッサは、はっとした顔になった。

「あっ！　いや、えっと……あんまりにもお綺麗なんで、思わず見とれちゃって。はは」

誤魔化し笑いをするロッサに、スノウがくすっと笑う。

「まあ、ありがとうございます。綺麗に咲かせることができてよかったですわ。ロッサ様にも、お土産に一束お作りしますね」

「え？　あ、いや、花の話じゃなくて……」

「ふふ、冗談です。ありがとうございます、お世辞でも嬉しいです」

「いや、お世辞なんかじゃ……」

顔を赤くして口ごもっているロッサ。

彼はかなり女性慣れしているというか、女性関係には事欠かない印象を持っていたので、フィンは困惑していた。

「……ねえ、メリル。これってもしかして」

「……一目惚れってやつね。たぶん」

その後もしばらくの間、スノウに小慣れた感じでいなされているロッサを、二人は珍しいものでも見るような目で見つめるのだった。

◆

その日の午後。

フィリジット邸からオーランドの屋敷に戻ったフィンたちは、エンゲリウムホイスト村へ戻るべく出発の準備を進めていた。

帰りの馬車は来るときのものに二台追加されており、村人たちも馬車で帰れることになった。

徒歩で村人たちに移動させるのは大変だろうと、オーランドが用意してくれたのだ。

「ロッサ兄さん、本当にいいの？　家を空けて大丈夫？」

使用人たちに混ざってせっせと馬車に荷物を運び込んでいるロッサに、フィンが心配そうに声をかける。

「ん？　ああ、大丈夫だ。スノウさんが来るまでに、俺が準備を整えておかないといけないからな！」

フィリジット邸から戻る車中で、ロッサは「エンゲリウムホイストに移住する」とフィンに宣言していた。どうやらロッサはスノウに一目惚れしてしまったようで、なんとしても彼女と親密になりたいらしい。

戻ってからすぐにオーランドにその旨を伝えたのだが、「バカかお前は」との一言で却下されてしまった。しかし必死で食い下がった結果、『月に数日なら』という条件付きで許可が出たのだ。

「そ、そう。まあ、頼りにしてるから頑張ってよ」

「おう、任せとけ！　使い切れないくらい、最上級の肥料を用意してやるからな！」

「ロッサ様、やる気ですね！」

食料品などの荷物を馬車に運びながら、ハミュンが二人に元気な笑顔を向ける。

「おうよ！　好きな女を振り向かせるため以上にやる気が出る理由なんて、この世に存在しないからな！」

「わわっ、いいなぁ。私も男の人に、そんなふうに想われてみたいです……。えへへ」

何を妄想しているのか、ハミュンは両手で頬を押さえてうねうねしている。

着替え入りの大きなバッグを手に屋敷から出てきていたメリルが、やれやれとため息をついた。

隣ではフィブリナも苦笑している。

「やる気って、下心丸出しじゃないの。動機が不純だわ」

「まあ、いいじゃない。おかげですごく助かりそうだし」

二人のやり取りに、ロッサが不満げな顔を向ける。

「なんだよ、下心だって真っ当な動機だろ。フィンだって同じようなもんだってのに」

「え？」

怪訝な顔をするメリルに、ロッサが「やべっ」と顔を逸らす。

「ねえ、フィン、どういうこと？」

「え？　いや、ちょっと僕には分からないかな。はは」

「ちょっと、気になるでしょ！　はっきり言いなさいよ！」

「い、いや、別に――」

「フィン、ちょっといいか」

フィンが冷や汗をかいていると、玄関からオーランドが出てきて声をかけてきた。

手には、一抱えほどある籠を持っている。

「これを持っていけ。三羽ほど、都合をつけてきた」

「あ、伝書鳩ですか」

フィンが腰をかがめ、柵の間から中を覗き込む。

クックッ、と三羽の鳩たちのつぶらな瞳と目が合った。

「うむ。何かあれば、これを使って連絡を寄こせ。準備やらなにやら、時間の短縮になるからな」

「ありがとうございます。使わせてもらいますね」

「ああ。雄が一羽と雌が二羽いるから、上手くやれば増やせるぞ。雛が生まれたら、訓練してみるといい。少しずつ離れた距離から放って、巣に戻らせることを繰り返すんだ。時間はたくさんあるのだから、気長にやってみろ」

「分かりました。やってみますね」

この世界における伝書鳩はほとんどが一方通行のものであり、二地点を往復できる鳩はかなり珍しく、非常に高価だ。というのも、往復鳩は訓練に非常に手間がかかるので、特別な用途以外はそこまで手間をかけてやろうという者がほとんどいないためである。

とりあえず三羽手元にいれば三回連絡できることになるので、十分役に立つだろう。

ちなみに、この鳩たちが帰る先は、ライサンドロス内にある『鳩の家』と呼ばれている場所だ。

そこは鳩の集合住宅のようになっている施設で、各都市には同様の施設の設置が義務付けられている。また、各都市の鳩の家は王都の鳩の家とを往復する訓練をされた往復鳩を一羽は備えており、それによって王都と円滑な情報交換を行っている。

「それと、出発前にもう一度俺に祝福をかけてくれないか？」

「あ、はい。分かりました」

フィンがオーランドに手をかざすと、彼の体が青白く光る。

「すまんな。では、俺はこれから周辺地域の資源探索に行ってくる。フィンも道中、気をつけるんだぞ」

「はい。兄さんも、あまり無理はしないでくださいね」

「ああ、気をつけるよ」

オーランドはそう返事をすると、ロッサに目を向ける。

「ロッサ。お前もしっかりフィンを手助けしてやれ。だが、早く帰ってこいよ。こっちも俺一人では、正直きついからな」

「ああ、分かってるって。心配すんな」

そうしてオーランドと別れ、フィンたちはエンゲリウムホイスト村へと出発した。

✦
✦
✦

「はあ、それにしても遠いなぁ……」

ガタガタと揺れる車内で、フィンがため息をつく。

ライサンドロスを出発してから、今日で四日目。相変わらずの遠さと酷い馬車の揺れに、皆がうんざりした顔になっていた。村人たちだけは特に気にした様子もなく、いつもどおり元気だ。

「でも、馬車に乗ってると楽ちんでいいですね！　イスはふかふかだし、揺れるのも何だか楽しいですし！」

ハミュンはフィンの隣でソファーに腰掛け、楽しそうにしている。

「ハミュンは元気だね。体、痛くならない？」

「はい、ちっとも！　こんな乗り物で移動できるなら、長旅でも全然へっちゃらです！」

「長旅かぁ。前世の頃の記憶だけど、仕事であちこち遠出してたのを思い出すよ」

「そうなんだ。こうやって、何日もかけて行ってたの？」

メリルは興味が湧いたのか、フィンに問いかける。

「距離は遠かったけど、一泊とか二泊が多かったかな。仕事で現場にあちこち行ってたんだ」

「前世では、どんなお仕事をしてたの？」

「駅の構内の配置設計とか、電車を制御する装置の回路設計とかだよ」

「駅って、駅馬車のことか？　それに、そのデンシャってのはなんだ？」

ロッサが怪訝な顔で質問する。

「電車っていうのは、何百人もの人を一度に乗せて走る、鉄の箱みたいな乗り物のこと。すごく長い距離を、馬の何倍も速く走るんだ。その電車が立ち寄る駅の設計もやってたんだよ」

「鉄の箱……？　そのデンシャは、馬で引っ張るんじゃないのか？」

「違うよ。電気っていうエネルギーで動くんだ。冬とかに服を脱ぐとパチパチするでしょ？　あれの強力なやつ」

「ふーん……全然想像つかねえな……」

首を傾げているロッサに、フィンが「だよね」と苦笑する。

「でも、何百人も乗せて馬の何倍も速く走れるなんて、すごいわね。そんな乗り物があれば、馬車なんていらなくなりそう」

フィブリナが感心した様子で言う。

するとハミュンが突然テーブルに手をつき、フィンに迫った。

「フィン様、それですよ！　それ作りましょう！」

「え、それって、電車のこと？」

「はい！　すごく長い距離を、馬の何倍も速く走れるんですよね？　そんなものができれば、どこでも行き放題じゃないですか！」

「それは確かにそうだけど、鉄道を一から作るってのはさすがに……」

「できない……ですか？」

フィンの言葉に、ハミュンの表情が曇る。

「……いや、やってみないと分からないな。やる前から諦めちゃダメだよね」

普通に考えれば、一から鉄道を作るなんてどだい無理な話だ。

フィンは前世では一応専門職だったが、メインは電車そのものではなく、駅や路線の接続設計と制御装置の回路設計である。

しかし、この世界には『祝福』という、前世の世界には存在しなかった強力な力があるのだ。

それを駆使すれば、もしかしたら――。

「せっかく前世の記憶があるんだし、使わないともったいないよね。やれるだけやってみようか」

その言葉に、ハミュンの表情がぱっと明るくなった。

「はい！　私もお手伝いしますね！　一緒に頑張りましょう！」

「うん、そうだね。村の皆や他の貴族たちの力を借りて、なんとか頑張ってみよう。成功すれば、村を王都を超える大都会にすることだって夢じゃない。挑戦する価値はあるよね」

「やった！　フィン様、きっと実現させましょうね！」

「あ、でも、絶対にできるどころか、できない可能性のほうが高いくらいだから……あんまり期待はしないで欲しいかなって」

「大丈夫です！　皆で協力すれば、きっとできます！　頑張りましょう！」

フィンの言っていることを半分も理解できていないながらも、ハミュンが弾けるような笑顔で断言する。

その様子に、ロッサが心配そうな顔を向けた。

「おいおい、本当に大丈夫なのか？　あんまり気軽に、大切な約束なんてするもんじゃないぞ」

「むっ！　ロッサ様は、フィン様のことが信じられないんですか!?」

ふんす、と頬を膨らませるハミュンに、ロッサがたじろぐ。

「い、いや、そんなことはないけどさ。話を聞く限り、それを作るのって相当難しいんだろ？　あんまり最初から期待を持たせるようなことをすると、後で失敗したときの反動がでかいからさ」

「もう！　フィン様なら絶対に大丈夫なんです！　そんなこと言っちゃダメですよ！」

「え、ええ……俺、おかしなこと言ってるかな……」

「フィン様、頑張りましょうね！　私も、何でもお手伝いしますから！」

「う、うん。そうだね」

輝くような笑顔を向けてくるハミュンに、フィンは「これはなんとしてでも実現させなければ」とひとりごちるのだった。

閑話　姉妹の想い

深夜、パチパチと燃える焚き火の前で横になっていたメリルは、ふと気配を感じて目を覚ました。

隣で寝ているはずのフィブリナへと目を向けると、彼女は焚き火に向かって座りながら、手に持っている何かを眺めていた。

「姉さん、寝ないの？」

メリルが目をこすりながら、体を起こす。

「あら、起こしちゃった？　静かにしてたつもりだったんだけど」

「ううん。何となく目が覚めただけだから。それ、なに？」

メリルがフィブリナの手元に目を向ける。フィブリナは、長細い棒の先に平たい板が付いたものを持っていた。

「竹とんぼっていう玩具よ。昔、フィンが作ってくれたの」

「竹とんぼ？」

「うん。こうやってくるくる回して、離すと空を飛ぶ玩具なの」

フィブリナが、竹とんぼを両手で回してみせる。今飛ばすと真っ暗闇の中に飛んでいってしまうので、手を離しはしない。

「子供の頃……あの事故の前の日に、フィンが作ってくれたの。あの時、まだフィンは五歳だったのに、まるで大人みたいに器用にナイフを使って、その辺に落ちてた枝からこれを作ってくれたの。私の宝物」

「そうなんだ。全然知らなかった……」

「あの事故の後じゃ、メリルには見せられなくてね。あなた、ずっと落ち込んでいたし」

「うん……」

メリルが、隣で眠るフィンに目を向ける。整った顔立ちながらも、まだ少しだけ幼さが残る彼の顔に、子供の頃の記憶が蘇(よみがえ)る。

自分と同い年なのに、自分よりもたくさんのことを知っていて、遊びも勉強も、まるで兄のようにフィンはいろんなことを教えてくれた。メリルにとって、フィンは同い年の従兄弟(いとこ)であるとともに、憧れの存在だったのだ。

そんな、誰もが将来を期待する彼を変えてしまったのは自分のせいだと、メリルは事故のあったあの日からずっと自分を責めていた。

それまでの神がかり的な利発さから一転してしまった彼に、彼の両親や使用人たちまでもが、一斉に失望の眼差しを向けたことに、幼いメリルは途方もない衝撃を受けたことを覚えている。

それ以来、彼をそんな境遇にしてしまったのはすべて自分のせいだと、メリルはずっと罪悪感に苛(さいな)まれていた。それにもかかわらず、フィンはただの一度もメリルを責めたことはなかった。

フィンはそれまでの記憶を失ってしまったのだから、責めるもなにもないというのは当然といえば当然だ。だが、それはメリルの罪悪感と後悔に余計に拍車をかけていた。

「私ね、時々この竹とんぼをフィンに見せて、昔のことを思い出せるか聞いていたの。でも、何度聞いても『分からない。ごめんね』ってフィンは謝って。謝る必要なんて、ないのにね」

フィブリナの目尻に涙が浮かぶ。

「メリル、ごめんね。本当は私があなたたちのことを、しっかりと見ておかないといけなかったのに。そうすれば、あんな事故は起こらなかったんだから」

「そんな、姉さんのせいじゃないよ。私がフィンを、あんな危ないところに遊びに誘ったのが悪いんだから」

メリルが言うと、フィブリナは泣き笑いのような顔を彼女に向けた。

「あなたは、本当に優しい娘ね。私とは大違い」

「なに言ってるのよ。それはこっちの台詞よ。私なんて口は悪いし、いつも怒ってばっかりだし」

「ふふ、メリルはフィンのことになると、すぐにカッとなっちゃうもんね。同級生の男の子たちも、あなたには一目置いていたみたいだし」

「ああ、ドランとその取り巻きのこと？　ああいうやつ、ほんっとうに許せないのよ。何様だと思ってるんだって感じ。よく今までぶん殴らなかったなって、自分のことを褒めてあげたいわ」

貴族学校に通っていた当時を思い出し、メリルが、ふんす、と鼻を鳴らす。

フィブリナは小さく笑うと、眠っているフィンに目を向けた。

「でも、フィンが記憶を取り戻してくれて、本当によかったわ。見違えるように明るくなったし、すごく頼もしくなってくれて。これでもう、一安心ね」

「……うん」

少し声のトーンを落としたメリルに、フィブリナが小首を傾げる。

「どうしたの？　なにか心配ごと？」

「うん。心配っていうか、少し不安で」

「不安？　フィンのことが？」

不思議そうに聞くフィブリナに、メリルが「うーん」と唸る。

「なんていうのかな。昔から知ってたフィンが、フィンじゃなくなっちゃったような気がして。もちろん、記憶を取り戻してくれたことは嬉しいんだけど……なんなんだろ、この気持ち」

「今まで自分の手元にいたのに、巣立っていっちゃうような寂しさ、みたいな？」

「え？　そ、そんなんじゃないよ。……たぶん」

煮え切らないメリルに、フィブリナがおかしそうに笑う。

「ちょ、どうして笑うのよっ!?」

「だって、子離れできない親みたいなんだもの。フィンがどこかに行っちゃうような感じがして、寂しく感じてるんじゃない？」

「……そうかも。ああもう、よく分かんない！」

「ふふ、メリルはずっとフィンにべったりだったものね。でも、大丈夫よ」

そういうフィブリナに、メリルが目を向ける。

「大丈夫って、なにが？」

「フィンは、あなたのことを一番大切に思っているわ。安心して大丈夫よ」

「え？　そ、そうなのかな」

「ええ。誰よりも信頼してるって、傍(はた)から見てても分かるもの。ほんと、妬(や)けちゃうわ」

その言葉に、メリルが目を見開く。

「や、妬けちゃうって、姉さん、なに言ってるのよ」

「フィン、すごく格好良かったわよね。『今までずっと、僕のことを守ってくれてありがとう。これからは、僕が二人を守るよ。何があっても、絶対に』って。ちょっと、ドキッとしちゃった」

フィブリナがメリルにいたずらっぽい表情を向ける。

「フィンってなんか、頼りになるけど庇護(ひご)欲を掻(か)き立てられるっていうか、ずっとそばにいなきゃって思えるのよね」

「な、なにを言って――」

「私、フィンに迫っちゃおうかしら。すごくいい旦那さんになってくれそうだし、きっと幸せにしてくれると思うし」

「だ、ダメよ！　フィンは私の――！」

メリルが大きな声でそう言い、はっとして口を手で押さえた。隣ですやすやと眠るフィンに目を向け、ほっと息をつく。

そんなメリルに、フィブリナがくすくすと笑った。

「あらあら。やっぱりそうなの？」

「うー……おかしいな。今までこんなふうに思ったことなんて、一度もなかったのに」

メリルが頭を抱えて唸る。

「今のフィン、すごく素敵よね。前と同じですごく優しいし、頼もしくなったし、話してるとすごく楽しいし。非の打ちどころがないわよね？」

「べ、別にそんな……うぅ」

唸ってうつむくメリルに、フィブリナが再びくすくすと笑う。

「ふふ。でも、もたもたしているようなら、本当に私が貰っちゃうかもよ？」

「うう、姉さんの意地悪……」

その時、フィンがもぞもぞと動き、「うーん」と言いながら寝返りを打った。

メリルとフィブリナが口を閉ざし、彼に目を向ける。数秒して、再びフィンは静かな寝息を立て始めた。

「ね、姉さん、そろそろ寝ようよ。明日も早起きしないとだし」

「そうね。そうしましょうか。ふふ」

二人して横になり、毛布を掛ける。

「……ねえ、メリル」

少しして、フィブリナがメリルに小声で話しかけた。

「ん、なあに？」

「村に戻ったら、竹とんぼで三人で遊ばない？　作りかたも、フィンに教わりながら」

「……うん」

「それじゃ、約束」

フィブリナがメリルに手を伸ばし、小指を差し出す。

「あ、指切り？」

「うん、知ってた？」

「うん。私もそれ、子供の頃にフィンに教わったことがあるから」

メリルがフィブリナの小指に、自身の小指を絡める。

「そっか。それじゃ、ゆーびーきーりげーんまーん――」

そうして、静かに夜は更けていくのだった。

第六話　ロッサ、超頑張る

エンゲリウムホイスト村に帰り着いたフィンたちは、領主邸の前に村人たちを集めていた。

フィンは村人たちに、近日中にスノウが移住してくるという話と、彼女が来るまでにしておかなければならないことを話して聞かせる。

「彼女が来たら、果物の品種改良と並行して、村中の作物に成長促進の祝福をかけてもらいます。食料を大量生産して、それをメリルが高品質化して他領で売り、今後の施策の資金にします。そのためには大量の肥料が必要になるので、皆さんにはロッサ兄さんと協力して肥料の準備をしてもらいたいんです」

フィンが隣のロッサに目を向ける。

ロッサは頷(うなず)き、村人たちに顔を向けた。

「俺の祝福を使えば、落ち葉だろうが廃材だろうが、なんだって腐らせて肥料に変えられる。石とか金属、それに生き物以外なら何でも腐らせられるから、どんどん俺のところに持ってきてくれ。これでもかっていうくらい、肥料を作りまくらないといけないからな」

ロッサがそう言って手に持っていた小枝を目の前にかざすと、彼の祝福によって小枝は黒い霧に包まれ、あっというまにボロボロと崩れて土になってしまった。

皆が、おお、と大きくどよめく。

「こ、これはすごいですな……。野菜の皮とか、使い古した布とかでも大丈夫なのですか？」

村長のアドラスが聞くと、ロッサは、にっと笑って頷いた。

「ああ、なんでも大丈夫だ。肥料が雨で流れちまうといけないから、屋根のある場所に溜めるのがいいかな」

「それなら、小屋を新しく作らないといけませんな。さっそく作業に取りかかりましょう」

「あ、兄さん。例えばだけど、枝全体じゃなくて真ん中だけを腐らせたりとかはできるの？」

ふと思いつき、フィンがロッサに聞く。

「できるぞ。腐らせた周りは、ちょっと小汚くなるけどな」

「なら、木材の切断とか加工も手伝ってよ。兄さんが加工すれば、すごく早く小屋が作れるんじゃない？」

「いいけど、あんまり見てくれは良くないと思うぞ？　なんせ、腐らせて切り落とすんだからさ」

「別にいいって。今は作業効率優先で進めないとだし」

「そっか、それもそうだな。それじゃあ、始めるとするか」

ロッサが村人たちを引き連れて、近場の森へと向かっていく。

去っていく皆を見送っているハミュンに、フィンが小首を傾げた。

「あれ、ハミュンは一緒に行かないの？」

「はい！　私、フィン様のお手伝いがしたいんです！」

「手伝いって、僕はこれから手紙を書くんだけど……」

村に戻ってくるまでの間、フィンたちはオーランドから預かった領内の貴族のリストを見て、登用する者の目星をつけていた。

領内には数十人の貴族がいるが、そのほとんどがE＋やEといった弱い祝福を持つ者たちだ。EやE＋の祝福は商売につながるほどの効果を持たないことがほとんどで、平民と同様の仕事に就いている者たちが大半である。

本来ならばすぐにでも彼らのもとに出向きたいところではあるのだが、教会からの指示でフィンは村を離れることができない。

そのため、オーランドを通して登用の話を持ちかけてもらうのだ。話を持ちかけても、皆がスノウのようにすぐに返事をくれるとは限らないので、こういった話があるので検討して欲しい、と前もって伝えておくのである。

ちなみに、スノウに会うために出向いたフィリジット家は、弱い祝福しか持たない貴族としては珍しく、他の貴族相手に商売をしている。水の成分を変質させたり浄化させたりする祝福を使い、上質なお茶を振る舞っては手間賃を貰（もら）っているとのことだ。

「声をかける貴族様って、駅とか電車を作るのに協力してもらえそうな人たちですよね？」

「ううん、それはまだ少し先の話だね。今のところは、開墾とか金属加工に役立ちそうな祝福を持ってる人たちだけだよ」

「そうですか……」

あからさまにがっかりして肩を落とすハミュンに、フィンが苦笑する。

「とりあえずは、今できることから始めないといけないからね。まずは、今ある農産業を底上げしないといけないからさ」

「ハミュンちゃん、心配しなくても、フィンは約束を破ったりしないって。一つ一つ順番にやらないといけないから、少し時間はかかっちゃうかもしれないけど、ちゃんと最後までやりとおすから。だよね、フィン？」

メリルがにこっと微笑み、フィンを見る。

「うん、もちろんだよ。僕たちも頑張るからさ、ハミュンも一緒に頑張ろう？」

「フィン。ハミュンちゃんには、事務仕事のお手伝いをしてもらったらどうかしら？」

フィブリナの言葉に、メリルも頷く。

「あ、それがいいね！　お仕事を手伝ってもらいながら、フィンがサボらないように見張っててもらおっか！」

二人が言うと、ハミュンは勢いよく顔を上げ、キラキラした瞳でフィンを見た。

「えっ！　ほ、ほんとですか!?　フィン様のそばで、お手伝いさせてもらっていいんですかっ!?」

「うん、もちろんいいよ。それじゃあ、ハミュンには僕の秘書になってもらおうかな？」

「やった！　フィン様、ありがとうございます！」

万歳して大喜びするハミュン。

そしてすぐ、はて、といったような顔になった。

「えっと……秘書って何ですか？」

「んー。簡単に言えば、僕のことを一番近くでいろいろ手伝ってくれる人のことだね。すごく忙しい仕事になると思うけど、やってくれるかな？」

フィンが聞くと、ハミュンは即座に頷いた。

「はい！　私、頑張ります！　なんだってやりますから、たくさんお手伝いさせてください！」

勢い込んで言うハミュンに、フィンも笑顔で頷く。

人頼みではなく、できる限り手伝おうという姿勢は実に素晴らしい。せっかくやる気があるのだから、その気持ちを汲んであげたい。この村では平民だとか貴族だとかは関係なく、皆で目的に向けて進んでいきたいとフィンは考えていた。

「よかった。じゃあ、まずは秘書になるための準備をしないとね」

「準備、ですか？」

「うん。秘書っていうのは、読み書きができないと話にならないんだ。だから、まずは文字を完璧に読み書きできるように勉強しないとね」

うっ、とハミュンがたじろぐ。

それを見て、メリルが少し意地悪な顔になった。

「ハミュンちゃん、秘書ってすごく大変な仕事だよ。秘密は守らないとだし、フィンの代わりにいろんな人と交渉できるようにもならないといけないんだから」

「え、ええっ!?　そんなことまでするんですかっ!?」

焦り顔になるハミュン。

そんなやり取りに、フィブリナが苦笑する。

「メリル、意地悪しないの。ハミュンちゃん、大丈夫よ。そういうことをするのは、しばらく続けて慣れてきてからだから」

「は、はい！　頑張ります！」

「うん、よろしくね。それじゃあ、まずは勉強しないとだね。僕たちが代わりばんこで毎日見るから、頑張ろうね」

「が、頑張ります……」

途端に声のトーンを落とすハミュンに、三人の笑い声が響くのだった。

◆

その日の夕方。

フィンはハミュンと二人で、水桶を手に村のそばを流れる川へと向かっていた。水を汲みに行くというハミュンに、フィンが手伝いを申し出てついてきたのだ。他の皆はまだ仕事を続けており、メリルとフィブリナは夕食作りに取りかかっている。

「はー、何だか頭がふらふらします……」

ハミュンが額に手を当て、大きくため息をつく。

「結構長い時間、集中して勉強してたもんね。どう？　頑張れそう？」

「はい、頑張れます！　フィン様の秘書としてお手伝いできるように、早く字を覚えないと！」

ぐっと両方の拳を握り、気合を入れてみせるハミュン。

ハミュンは勉強は苦手だと言っていたが、先ほどまで約四時間もの間、まったく休憩せずに読み書きの勉強を行っていた。

物覚えは確かにあまりよくない様子ではあったのだが、本人のやる気はすさまじいものがあった。

この調子で勉強すれば、きっとすぐに読み書きをマスターすることができるだろう。

「フィン様。私、頑張りますから！　だから、他の人を秘書にしたりしないでくださいね？」

「はは、大丈夫だよ。ハミュン以外に頼むつもりはないからさ」

「ありがとうございます！　精いっぱい頑張ります！」

そんな話をしながら道を進み、数分で川へと到着した。

川は幅三メートル程度で、深さは五十センチ程度といったところだろうか。水は綺麗に澄んでおり、小魚もちらほらといるようだ。

「へえ、綺麗な川だね。魚もいるみたいだけど、捕ったりしてるの？」

「してますよ！　もう少し山を下ると大きな池があるんで、そこに罠を仕掛けてカニとか魚を捕まえてます」

「罠か。どんなのを使ってるの？」

「網を使うんです。朝のうちに池に網を沈めておいて――」

ハミュンが身振り手振りを交えて、罠の仕組みを説明する。

朝のうちに沈めておいた網の上に餌を撒いておき、夕方にそれを引き上げて大きな魚やカニを捕まえているらしい。小魚は網の隙間から逃げていくので、取りすぎて数が減ってしまうといったこともないようだ。

「そうだ！　せっかく村に戻ってきたんですし、明日はお魚パーティーにしましょっか！　……フィン様？　どうかしましたか？」

何か考えている様子のフィンに、ハミュンが小首を傾げる。

「ん？　いや、その池を観光資源にできないかなって思ってさ」

「えっ、どういうことです？」

「池をきちんと整備してさ、水遊びしたり、放した魚を掴み取りしたり、焼き立ての魚を食べられるような施設を作ったら面白いかなって。前世の世界ではそういうお店がけっこう人気があったから、こっちでも通用するんじゃないかなって思ったんだ」

「確かに面白そうですけど……それをするために、こんな場所まで人が来るでしょうか？　それに、他の場所にも川とか池はあると思うんですけど……」

いまいちピンとこないのか、ハミュンは困惑顔だ。

「王都みたいな都会には、そういうことができる場所がないからさ。こういう自然が豊かな場所ならではの遊びっていうのは、けっこう新鮮に感じると思うんだよね」

「そうなんですか……じゃ、じゃあ！　絶対に村に駅を作らないとですね！」

「うん、そうだね。この村には、絶対に鉄道が必要だよ。この村を中心に国中に鉄道網を広げて、人も物もすべてが集まる一大拠点にするんだ。この祝福の力を上手く使えば、きっと実現できる」

フィンは力強くそう言い、ハミュンに目を向けた。

ハミュンは少し驚いたような、戸惑ったような表情になっている。

「昨日、ハミュンと電車の話をしてからさ、僕なりによく考えてみたんだ。あの時は『あんまり期待はしないで欲しい』なんて言っちゃったけど、ハミュンの言うとおり、あちこちに簡単に行き来できる移動手段は絶対に必要だ。必ず、実現してみせるから」

「……っ」

「えっ、ちょ、ど、どうしたの!?」

泣き笑いのような顔をするハミュンに、フィンが慌てる。

ハミュンの目尻には涙が光っており、少し泣いてしまっているようだ。

「えへへ……ごめんなさいです。ちょっと、うるっときちゃって」

ハミュンが指で涙を拭う。

「そんなに真剣にこの村のことを考えてくれてるんだって分かったら、嬉しくって。フィン様、ライサンドロスに行ったときも、村に戻ってくる間も、それに今も、ずっと村のことを考えてくれてますよね」

ハミュンが喜びと感動が入り混じったような微笑みをフィンに向ける。

「私、毎日同じことの繰り返しの、何も変わり映えしない生活がずっと続くんだろうなって思っていました。でも、フィン様が来てくださったおかげで、あっという間にすべてが変わり始めて……こんな奇跡みたいなことって、あるんですね」

「はは、そんなふうに言ってもらえると嬉しいよ。期待に応えられるように、頑張るね」

フィンは少し困ったように笑うと、ハミュンに右手を差し出した。

「だから、ハミュンも一緒に頑張ろう。皆で協力して、この村を大発展させるんだ。僕たちなら、きっとできる」

「はい！」

ハミュンは元気に返事をし、しっかりとその手を握った。

✦ ◆ ✦

「な、なんだこの芋!?　めちゃくちゃ美味(うま)いじゃんか！」

夕食の席で、フィンの対面に座るロッサがフォークで芋を頬張(ほおば)り、目を見開く。

今日の夕食のメニューは、ふかしたダト芋、葉物野菜のスープ、フィンたちが持ってきたチーズ、かまどの灰の中で作った灰焼きパンだ。

ライサンドロスにいたときに比べれば、品数も少ないうえに料理もシンプルで、かなり質素なメニューである。

「ふふん、そうでしょう、そうでしょう。私にかかれば、どんな野菜だって最高に美味(おい)しくできるんだから！」

メリルが自信満々といった様子で胸を張る。

使われている食材には、あらかじめメリルが祝福をかけてあった。すべての食材が最高品質に生まれ変わっているため、どれを食べてもとんでもなく美味しい。

「すげえな……！　最高品質だと、ふかしただけの芋でもここまで美味くなるのか」

「本当に、すごく美味しいですね！　それに私、チーズって初めて食べましたけど、これもすっごく美味しいです！」

フィンの隣でハミュンはもぐもぐと口いっぱいにチーズを頬張り、とろけそうな顔になっている。

食べているチーズはセミハードタイプのもので、保存に適した種類のチーズだ。

加工品の場合、祝福をかけても最高品質に変化するわけではなく、代わりに鮮度が出来立ての状態にまで戻る。そのおかげで、乾燥して少し硬くなっていたチーズは、熟成室から出して販売用にカットした直後のような、まろやかな舌触りの状態に復活を遂げていた。

「いや、俺だってこんな美味いチーズを食べるのは初めてだよ。食料品質の向上（A＋）って、これもう反則級の祝福だろ……」

ロッサがチーズを頬張り「美味すぎる」としみじみとつぶやく。

フィンも芋を口にし、同意するように頷いた。

「だよね……。いくらなんでも品質の上がりかたが異常っていうか、農家の人たちに喧嘩売ってるレベルだよね」

「本当だよ。これ、とんでもない祝福だぞ。村で作ってる野菜全部にこの祝福をかけて、あちこちに売りさばくってんだろ？」

「そのつもり。でも、他の領地からはかなり距離があるから、日持ちする芋とか麦しか売れないんだけどね」

「輸送が問題なわけか……。まあ、こんな田舎じゃ、それは仕方ないよな」

ロッサはそこまで言い、ふと思い当たってメリルに顔を向けた。

「そう言えばさ、街にいる間、どうしてメリルは祝福を使わなかったんだ？　屋敷の料理だって、材料を高品質化しておけば美味くできたんだろ？」

「えと……その、うっかりしてて忘れちゃって。屋敷を出発してから、ようやく気づいたの」

えへへ、とメリルが照れたように笑う。

「そりゃあ、かわいそうなことしたなぁ。兄貴だって、こんなに美味い野菜とかパンは食ったことないだろうしさ。屋敷の使用人たちだって、これ食ったら相当驚くと思うぞ」

「だよね。オーランド様には悪いことしちゃったなぁ。せめて、お屋敷にある食材だけでも高品質化してくればよかったね」

「だな。じゃあ、俺が街に帰るときにさ、高品質化した芋とか麦をいくらか持っていかせてくれよ。兄貴にも食わせてやりたいんだ」

「うん、そうね。あと、せっかくだからさ、エンゲリウムホイストでこんな美味しい野菜を売り出す予定なんだって、あちこちに宣伝しておいてよ」

メリルの提案に、ロッサが「なるほど」と頷く。

「お、それいいな！　こんなに美味い芋、国中探したってそうそう見つかるもんじゃないだろうし、あちこちの知り合いに送って宣伝しとくよ。買いたいっていうやつが絶対に出てくるはずだからな」

「えへへ、よろしく！　その無駄に広い顔を存分に生かしてよね！」

「無駄には余計だっつうの。ていうか、どうしてお前は昔から俺に対してそんなにぞんざいなんだよ。兄貴への態度と違いすぎるだろ……」

「あんたがいつも適当なことばっかりやってるからでしょ。自業自得よ、自業自得」

「おま、俺だって一応本家の人間なんだぞ。兄貴ほどとはいかなくても、少しは敬ってもいいんじゃないか？」

不満げな顔をするロッサに、フィブリナがくすくすと笑う。

「ふふ、そうよメリル。いくら相手がロッサだからって、その辺はきちんとわきまえないと」

「おいこら、その発言の時点で全然わきまえてないって気づけ！　まったく、そういえばフィブリナも、ちょいちょい俺をいじってくるよなぁ……」

ロッサたちのやり取りに、食卓が笑い声に包まれる。

メリルのロッサに対する態度がぞんざいなのは昔からだ。奔放な性格の彼に合わせ、気の強いメリルがそれに返していたというだけである。

「そういえば、ロッサ兄さんはいつまで村にいてくれるの？　オーランド兄さんには『月に数日』ならいいいってて言われてたけどさ」

「そりゃあ、スノウさんが村に来るまでだよ」

「え？　で、でも、スノウさんはいつ来るってはっきりとは言ってなかったよ？　何日かかるかなんて、分からないじゃないか」

「近いうちに向かうって言ってただろ？　きっと、すぐに来るって」

「そんなこと言って、何十日も来なかったらどうするつもりなのさ」

「そりゃあ、来るまで待ち続けるに決まってるだろ。肥料の山を作っておいて、びっくりさせてやるんだ」

なんとも楽観的なロッサの言い分に、フィンが苦笑する。

それを見て、メリルが茶化すような顔で口を開いた。

「あ、分かった。一生懸命働いてるところを見せて、好感度を上げるつもりでしょ」

「おう、そのとおりだ。だからさ、メリルたちも協力してくれよ。俺と彼女が上手くいくようにさ」

「上手くいくようにって、スノウさんにその気がなかったらどうしようもないじゃない。自分でなんとかしなさいよ」

「いやいや、そこは女同士のコミュニケーションでさ。『ロッサって優しくていい人なんだよ』とか『真面目で素敵な人なんだよ』って煽ってくれれば、印象もぐっと良くなるだろ？　なんとか頼むよ」

「えー……フィン、姉さん、どうする？」

「いや、嘘を吹き込むのはちょっと……」

「いくらなんでも、ねぇ……女遊びが得意な人っていうふうにならなら、伝えておけるんだけど。お仕事だって、お小遣い稼ぎ程度にしかやってなかったじゃない」

「二人とも酷い(ひど)いな!? 俺、そんなに女関係に汚くないぞ!? 仕事はまあ、ちょびっとしかやってなかったけどさ……」

そんなやり取りに、ハミュンが楽しそうに口を開いた。

「じゃあ、真面目で素敵って皆から言ってもらえるように、ロッサ様にはこれから目いっぱい働いてもらわないとですね!」

「お、おう! これでもかっていうくらい、肥料を作りまくってやるぞ! ハミュンちゃんも俺のかっこいいところ、たっぷり見ておいてくれよな!」

「はい!」

その後も夕食が終わるまで、明るい声が食卓に響くのだった。

◆

それから十日後の朝。

フィンはロッサとともに、村の広場に作られた屋根付きの肥料置き場の前にいた。

村人たちが忙しく動き回り、森から拾ってきた落ち葉や腐りかかった倒木を運んできては、それを肥料置き場に投げ入れている。

「ロッサ様、お願いします！」

「おっ、大物が来たな！　それじゃ、さっそく」

数人がかりで運ばれてきた倒木に、ロッサが手をかざす。

黒い靄が倒木全体を包み込むように出現し、ものの十秒ほどでグズグズに崩れて土になってしまった。村人たちはそれを桶に集め、せっせと保管場所へと運ぶ。

「ねえ、兄さん、本当に帰らなくて平気なの？　村に来てから、今日で十一日目だよ？」

フィンが心配そうにロッサに言う。

ロッサは、またか、といったふうにため息をついた。

「だから大丈夫だって。心配いらねえよ」

「でも、オーランド兄さんは『数日だったら許す』って言ってたんだよ？　さすがにそろそろ帰らないと、まずいと思うんだけど……」

「平気だって。石炭の大鉱脈が見つかったって言ってたんだし、金策にあれこれ頭を痛める必要はなくなってるんだぞ？　すぐやらないといけないことだって、その鉱脈を掘り起こすための作業員を集めることくらいだろ。俺がいなくたって平気平気」

「絶対まずいと思うんだけどなあ……」

この数日間、フィンとロッサは毎朝同じやり取りをしていた。

ロッサはスノウが来るまでライサンドロスに戻るつもりはないらしく、毎日肥料づくりに精を出してくれている。フィンとしてはありがたい限りなのだが、一人で頑張っているであろうオーランドを思うと気が気ではなかった。

　メリルとフィブリナも心配して同じように諭していたのだが、ロッサはまるで聞く耳を持たないのだ。

「フィン、よく考えてみろよ。領地運営と惚(ほ)れた女、どっちが大事だ？　どう考えたって後者だろ？　そういうことなんだって」

「いや、どう考えても領地運営のほうが大切でしょ……」

「バカ、領地のことは後からいくらでも巻き返しがきくけど、好きになった女にいいところを見せる絶好のタイミングってのは、本当に限られてるんだぞ？」

「いやまあ、兄さんには兄さんの考えかたがあるっていうのは分かるんだけどさ――」

　苦労しているであろう長兄を放置するのはいかがなものかとフィンが言おうとしたとき、村の入り口のほうから、ガラガラと車輪の音が響いてきた。

　遠目に、一台の旅馬車がこちらへ向かってきているのが見える。

「お、おい！　あれってもしかして、スノウさんの馬車じゃないか？」

「あ、そうかも。出迎えに……って、兄さん、どこ行くの？」

　馬車とは反対方向に駆け出していくロッサに、フィンが小首を傾げる。

「いいから、フィンは出迎えに行けって。ほらほら！」

「う、うん」

　ロッサにうながされ、フィンは村のなかほどに停車した馬車へと小走りで向かった。

馬車が停まり扉が開くと、中から現れたスノウがフィンに気づき、にっこりと微笑んだ。

「フィン様、ご無沙汰しております」

「スノウさん、おひさしぶりです。エンゲリウムホイストへようこそ！」

フィンが差し出した手を取り、スノウが馬車を降りる。

「まだお誘いしてから半月しか経っていないのに、もう来てもらえるなんて思ってなくて、驚きましたよ」

「ふふ、早くお仕事に取りかかりたくて、大急ぎで予定を整理して出てきてしまいました」

「そうだったんですか。もしかして、他にもお仕事の依頼が入っていたんですか？」

「はい。ただ、ほとんどは王都の大貴族の庭園関係のものでしたから、いいかなって思って断っちゃいました」

てへ、といったふうにスノウが笑う。

「えっ、大貴族の庭園って……断って大丈夫だったんですか？」

「大丈夫ですよ。私がいなくても、優秀な庭師の方にお願いすれば、花は咲かなくても綺麗に整えることはできますから」

「そ、そうですか。まあ、僕としてはありがたいです。これから、よろしくお願いしますね」

「はい、よろしくお願いします」

フィンが答えたとき、馬車の中から、苦しそうな呻き声とともに、一人の女性が顔を出した。

肩にかかるほどの青色の髪をした、見るからにおっとりとした雰囲気の女性だ。年のころは二十代前半といったところだろうか。

「うぅ、気持ち悪い……。スノウちゃん、手を貸して……」

「あらあら、大丈夫？　もう少し馬車で休んでいたら？」

「そんな、領主様に挨拶しないわけにいかないでしょ……うぇ」

「えっと……彼女は？」

「フィリジット家の長姉のエヴァです。私が無理に誘って、連れてきてしまいました。エヴァちゃん、挨拶して」

「うっぷ……あっ、し、失礼しました！　私、エヴァ・フィリジットと申します！」

馬車を降り、慌てた様子で姿勢を正して挨拶するエヴァ。だが、かなり顔色が悪い。

「あ、はい。よろしくお願いします。……あの、大丈夫ですか？」

「うう、すみません。馬車に酔っちゃって……」

「ほら、無理しないでその辺に座って、少し休んでて」

「うん……」

近場の草むらに座り込むエヴァ。

スノウは苦笑すると、フィンに顔を向けた。

「彼女の祝福は、『水質改善（E）』です。フィン様の祝福で強化してくだされば、きっとお役に立てますわ」

「水質改善ですか！　それは素晴らしいですね！」

フィリジット家の者の祝福については、フィンもリストを見て把握している。全員が水に作用する祝福を持っており、エヴァの持つ祝福をはじめとして、どれもが領地運営には役立つだろう。

先日、ライサンドロスに飛ばした伝書鳩に持たせた手紙にも、フィリジット家は登用候補として家族全員の名前が挙がっていた。

「ちょうど、近くに大きな池があるんです。エヴァさんには、ぜひその池の水に祝福をかけてもらいたいのですが」

「は、はい！　私なんかの祝福でよければ、いくらでも！　あの、フィン様の祝福は、他人の祝福をA＋にまで強化するものだとスノウちゃんから聞いているんですけど……」

「ええ、そうですよ。エヴァさんの祝福も、A＋にまで強化できます。さっそくやってみます？」

「えっ、い、今ですか!?」

「はい……といっても、水のある場所に行かないと意味ないですよね。気分が良くなったら、池に行ってみましょうか」

その時、首からタオルをかけたロッサが、ガラガラと荷車を引いて三人のそばを通りかかった。

頬には土汚れが少し付いていて、髪はしっとりと濡れて額に張り付いており、いかにも『一生懸命働いています！』といった出で立ちだ。

「ロッサ様。おひさしぶりです」

ロッサに気づき、スノウがぺこりと頭を下げる。

「ん？　あっ、スノウさん！　来てくれたんですか！」

額に流れる汗をタオルで拭い、ロッサが爽やかな笑顔を向ける。

先ほどまで、汗などこれっぽっちもかいていなかったのだが……。

「ひさしぶりっすね！　道中、大変だったでしょう？」

「ふふ、村でのお仕事が楽しみで、全然大変だなんて思いませんでしたよ」

スノウが柔らかく微笑む。

ロッサはそれでやられてしまったようで、早くも鼻の下が伸びていた。

「すごい汗ですね……あ、頬に泥が付いてしまっていますよ」

スノウがポケットからハンカチを取り出し、ロッサの頬を拭う。

「いやあ、村の皆と肥料を運んだり枯れ枝を集めたりしていたら、こんなになっちゃって。いつもこんな感じなんすよ。はは」

「まあ、そんなことまで……。私もお手伝いさせてください。作業はどちらで？」

「あ、それなら、スノウさんには肥料を与えておいた作物に祝福をかけてもらおうかな。俺が案内するんで。フィン、いいよな？」

「う、うん。そうだね。お願いするよ」

「おし。じゃあ、そのついでに村の案内も俺がしとくよ。馬車の荷降ろし、頼むな！　この荷車、使っていいからさ！」

「すみません。フィン様、私の祝福を強化していただいてもいいですか？」

「あ、そうですね」

フィンがスノウに手をかざし、念じる。

彼女の体が青白く光り輝き、祝福の強化が完了した。

「ありがとうございます。では、フィン様、エヴァちゃんをお願いしますね」

フィンにぺこりと頭を下げ、スノウはロッサとともに畑のほうへと歩いていってしまった。

なんてやつだ、とフィンは内心でひとりごちるが、声には出さない。

「え、えっと……とりあえず、荷物を降ろしちゃいますね」

「あっ！　わ、私も手伝いますから！」

慌てて立ち上がったエヴァとともに、フィンは馬車から荷物を降ろした。

✦

✦

✦

ガラガラと荷物を満載した荷車を二人で引き、彼女たちに滞在してもらう家屋へと向かう。

住む場所はフィンと同じ建屋、領主邸（仮）だ。

この村には空き家が崩れかけの廃屋しかないため、誰かしらの家に間借りするしかないのだ。

新しい家は村人たちに建ててもらっている最中だが、完成にはまだ時間がかかりそうだ。

「なるほど、スノウさんとは友達なんですか」

「はい。初めて会ってから、もう十年以上になります。私にとっては、お姉ちゃんみたいな感じなんです」

フィリジット家はスノウに定期的に仕事を依頼しており、数カ月ごとに彼女を招いている。仕事内容は、季節外れのハーブの栽培だ。

フィリジット家はそのハーブを使い、あちこちの貴族にお茶を振る舞ったり、領内に持つカフェを運営したりしている。

どの時期でも新鮮なハーブティーが楽しめるため、領内の店舗はちょっとした人気店となっているらしい。

「フィン様がいらした日は、ちょうど家族全員で急に隣町のお茶会の仕事が入ってしまっていて……ご挨拶できなくて、本当にごめんなさい」

「いえいえ。僕らこそ急に、しかも滞在しているお客さんを訪ねに行ってしまってすみませんでした。謝るのはこっちのほうですよ」

「ふふ、じゃあ、おあいこですね」

エヴァが優しく微笑む。

スノウとどことなく似た、温かい雰囲気の女性だなといった感想をフィンは持った。

そうして雑談しながらしばらく歩き、領主邸へと到着した。

「ここが領主邸です。といっても、村長さんの家を間借りしている状態なんですけどね」

フィンが入り口の引き戸に手をかける。

引き戸を引いた瞬間、その隙間から数匹のネズミが飛び出してきた。それを追いかけて、ハミュンの飼い猫のピコが勢いよく飛び出してきた。

「うわっ!?」

「きゃああ!?」

エヴァの足元を走り抜けるネズミを追いかけて、ピコが猛烈な勢いで走っていく。

すぐそばの草むらにネズミとピコが飛び込んだ瞬間、「ヂュッ！」という短い悲鳴が響いた。

のそりと、ネズミを咥えたピコが草むらから姿を現す。

「ねねね、ネズミっ!?　ネズミがいるんですかっ!?」

「え、ええ。なんかこの村、ネズミがすごく多くて。猫を何十匹も飼ってるんですけど、駆除が追いつかないみたいなんですよね」

「ふええ……私、ネズミ苦手なんですよ……」

エヴァが半泣きで震え上がっていると、家の中からハミュンが顔を覗かせた。

「フィン様！　今ピコがネズミを追いかけて……あ！　一匹捕まえたんだ！」

ハミュンがピコに駆け寄り、よしよしと頭を撫でる。

ピコは、どうだ、とでも言っているようなドヤ顔になっていた。

「よしよし、偉いよピコ。……あっ、えっと」

ハミュンがエヴァとフィンを交互に見る。

「ハミュン、紹介するよ。今日からここで一緒に働いてくれるエヴァ・フィリジットさん。水質改善の祝福を持ってる人なんだ。スノウさんが連れてきてくれたんだよ」

「え、エヴァです。よろしくお願いします……うぅ」

びくびくとネズミたちが走り去っていった草むらに目を向けながら、エヴァが挨拶する。

「わ、スノウ様たち以外にも、貴族様が来てくださったんですか！　私、ハミュンっていいます。よろしくお願いします！　メリル様たちにも教えてあげないと！」

ハミュンが家の中に向かって、メリルとフィブリナを呼ぶ。

「ネズミはっ!?　ネズミはもういない!?」

「いませんよ！　それに、ピコが一匹捕まえました！　褒めてあげてくださいね！」

「分かった！　分かったから、そのネズミどっかに捨ててきて！　もう、毎日毎日ネズミだらけで、なんとかならないわけ!?　今日だけでも四回見たわよ！」

家の中から響くメリルの声に、エヴァが顔を青ざめさせる。

「そ、そんなにネズミだらけなんですか!?　一日に四回も出るんですかっ!?」

「あ、あはは。そのうちなんとかしますから、少しの間だけ我慢してもらえればと」

「が、我慢って……」

フィンの言葉に、がっくりとエヴァが肩を落とす。

ハミュンがそれに気づき、明るい笑顔を向けた。

「エヴァ様、大丈夫ですよ！　ネズミって、焼いて食べると結構美味しいんですから！」

「何が大丈夫なのか全然分からないですよう……食べるのなんて、絶対無理です……」

「ちょっと！　ネズミはもう捨てたの!?　そっち行っても平気!?」

「あ、いえ！　今、ピコが頭からばりばり食べてます！」

「ぎゃー！　どこか別のところで食べさせなさいよ！」

その後、ハミュンが食事中のピコを抱えて遠くに置いてくるまで、メリルの怒声が響き続けた。


領主邸に荷物を置き、スノウたちのもとへ行こうと皆で外に出ると、驚きの光景が目に飛び込んできた。

「わっ！　な、なにこれ……」

「綺麗ですね！　スノウ様の祝福でしょうか？」

メリルとハミュンが声を上げる。

村のあちこちに点在する畑に、ぼんやりとした柔らかな光が無数に灯(とも)っていた。先日フィリジット邸の庭で見たものと同じ光だ。

「すごいや……クリスマスイルミネーションみたいだ……」

「何それ？　フィンの前世の話？」

「うん。前世で暮らしてたところではさ、キリストっていう人の聖誕祭が十二月にあったんだ。その頃になると国中がお祭り騒ぎになって、街路樹とか建物とかが綺麗に飾り付けられるんだ」

「へえ、そんなお祭りがあったんだ。国中でやるなんて、すごく盛大なお祭りなんだね」

「うん。ていうか、そういう行事で大騒ぎするのが好きな国民性でさ。本来の意味とかよく分からなくても、とりあえず大騒ぎしてた人が結構いたように思うよ。他にもたくさん行事はあったけど、いつもそんな感じだったし」

「あはは、なによそれ。ただ騒ぎたいだけじゃない」

メリルがくすくすと笑う。

「あ、でもでも！　それって皆同じだと思いますよ！　お祭りって楽しいですし、毎日あればいいなって思いますもん」

「この村でも、お祭りは何かあるのかしら？」

フィブリナが聞くと、ハミュンは元気に頷いた。

「はい！　『水神祭(すいじんさい)』っていうお祭りがあります。年の初めと秋の始まりに、山の水神様に麦や豆をお供えしに、子供たちだけで山に登るんです。その間に大人たちがご馳走(ちそう)を用意して待ってて、帰ってくると朝まで宴会をするんです」

「えっ、子供たちだけで？　獣とか出たら危ないんじゃない？」

「皆で太鼓を叩(たた)いたりして大騒ぎしながら登るので、大丈夫ですよ。イノシシも、人が騒いでいれば近寄ってきませんから」

ハミュンの話では、この村の周辺にはイノシシがたくさん生息しているらしい。

鉢合わせするとかなり危険な動物だが、騒いでいれば勝手に離れていくので大丈夫とのことだ。

オオカミなどの危険な獣も生息しているのかと思っていたのだが、この辺りには出ないらしい。

「イノシシか。捕まえたりはするの？」

「落とし穴を作ってみたりはしてるんですけど、あんまり捕まらないですね。夏になると畑を荒らされることもよくあるんで、困ってるんです」

「あー、それは困るね……。柵だけじゃ、全部の畑は守り切れないもんね」

「はい。作物が不作の時に限ってよく襲われるんで、そんなときは皆で毎晩見張りです。そういうときってネズミもあちこち荒らしまわるし、本当に大変で」

「うう、ネズミはなんとかして欲しいです……。あれって、一匹見たら百匹はいるっていうじゃないですか。家の壁も食い破られたりするし、ほんと最悪ですよう」

　エヴァが心底嫌そうな顔でつぶやく。

　地域にもよるが、この世界ではネズミはあちこちで目にする動物だ。それでも街では比較的目にすることは少ないのだが、田舎に行くとそこらじゅうで見かける。

　ちなみに、黒死病（ペスト）がこの世界で蔓延（まんえん）したという事実は一度もない。フィンも学校の歴史の授業で習ったことはないので、少なくともオーガスタ王国にはペスト菌が存在していないのかもしれない。

「確かに、動物の食害はなんとかしないとだね」

「フィン様、そういうのに向いている祝福って、何かないんですか？『ネズミをやっつける！』とか『獣を追い払う！』みたいな」

「いや、そういうのは聞いたことがないかなぁ。領内の貴族のリストにも載ってなかったし。メリルとフィブリナ姉さんは、聞いたことある？」

「ううん、聞いたことない。ていうか、生き物をどうこうする祝福ってあるのかな？」

「私も聞いたことがないわね。もしあったとしても、かなり珍しい祝福なんじゃないかしら」

そんな話をしながら皆で歩き、肥料置き場に到着した。

そこではロッサとスノウが、何やら楽しげに話している。

「お、フィン！　こっちの作業はひととおり終わったぞ！」

ロッサがフィンたちに、笑顔で手を振る。

なにやら、かなり上機嫌な様子だ。

「スノウがさ、村全体の作物全部に祝福をかけてくれたんだよ。このまましばらく様子を見ながら、収穫できるまで祝福をかけ続けてくれるってさ」

「……スノウ？」

「……何で呼び捨てになってるのかしら？」

メリルとフィブリナが怪訝（けげん）な顔になる。

「そ、そうだったんだ。スノウさん、ありがとうございます」

礼を言うフィンに、スノウが優しく微笑む。

「いえいえ。ロッサさんたちがたくさん肥料を用意してくれたおかげで、野菜たちもみんなすごく元気に育っています。これなら、ダト芋はどれも立派なものが収穫できそうです」

「はは、頑張ったかいがあったよ。悪いな、ずっと村にいれなくてさ。肥料が切れないうちに、すぐに戻ってくるよ」

「ふふ、ありがとうございます。でも、あまり無理はしないでくださいね？」

「大丈夫だって！　それに、俺だってこの村のためにできることは何でもやりたいんだ。一緒に頑張ろうぜ！」

「はい、頑張りましょう。頼りにしていますからね」

「おう！　へへ……」

「……ね、ねえ。なんか、二人ともずいぶん仲良くなってない？」

「そ、そうだね。何があったんだろう。お互い、呼びかたも変わってるし」

やたらと親密な様子のスノウとロッサに、メリルとフィンが小声で話す。

たった数十分の間に、ずいぶんとくだけた様子になっている。ロッサの鼻の下が伸び切っているのが、傍目にもよく分かる。

「フィン様。果物の栽培は、すぐに始めるのでしょうか？」

「はい、お願いしたいです。アプリスの種をいくらか用意してあるんで、それを使ってもらえれば」

今手元にあるのは、先日皆で食べたアプリスの種だ。

アプリスは実の中心に数十個の小さな種がある。全部で千個以上は取っておいてあるので、そのうちのいくつかは芽を出してくれるかもしれない。

「かしこまりました。種はどちらに？」

「あ、その前にですね、これからエヴァさんの祝福を使ってもらいに、川下の池に行くんです。スノウさんも一緒にどうですか？」

「池、ですか？」

「ええ。池の水を、彼女の祝福『水質改善』で綺麗にしてもらおうと思って。綺麗な池ではあるらしいんですけど、試しにどれくらいの効果があるのか見てみたくて」

「あら、それは楽しそうですね。ご一緒させてもらおうかしら」

「よし、それなら俺も一緒に行こうかな。皆、肥料と種の用意、お願いな！」

周りにいる村人たちに、ロッサが笑顔で指示をする。

そしてフィンに顔を向け、「行こうぜ！」と爽やかに言い放った。

✦

ハミュンに案内されてやってきた池は、たくさんの倒木が沈む沼のような雰囲気だった。水は透き通っておらず、やや濁っている。

「で、では、始めます」

目の前に広がる大きな池に向かって、エヴァが両手を向ける。

「エヴァちゃん、控えめにやるのよ？　最初は加減が分からなくなるらしいから」

「控えめって言われても、よく分からないんだけど……」

「ほんの少しだけ祝福を使うようにすればいいのよ。なるべく弱くかけて、それから少しずつ強くしていけばいいから」

「うーん……」

エヴァが眉間に皺を寄せながら唸る。

「じゃ、じゃあ、足元のこの辺だけやってみるね」

エヴァが足元の水べりに手をかざす。

その途端、その部分の水がうっすらと青く光り輝いた。

「わわっ!? な、なんですかこれ!?」

エヴァが慌てた様子で祝福をやめる。

青く光っていた部分だけ濁りが取り除かれて、美しく透き通っていた。

「うお、こりゃすげえな。濁りが取れてるってことは、水の中を漂ってるゴミが取り除かれてるのか？」

ロッサがその場にしゃがみ、しげしげと水を眺める。

しばらくすると透き通っている部分に周囲の濁りがじわじわと侵食してきて、元の濁った水に戻ってしまった。

ロッサの隣に、フィンもしゃがみ込む。

「そうみたいだね……。なるほど、濾過(ろか)したみたいに水が透き通るのか」

フィンがエヴァに顔を向ける。

「エヴァさん、強化する前の祝福も、同じような効果だったんですか？」

「は、はい。ただ、小さな水瓶(みずがめ)の水を綺麗にするのにも、半日くらい祝福をかけ続けるのを二日連続でやらないといけないくらいでした」

「そんなに時間がかかったんですね。用途は、お茶を淹(い)れる水として使うためですか？」

「はい。私が綺麗にした水を母の祝福『水の浄化』で飲み水に最も適したものにして、さらに父の祝福『水の硬度変化』で淹れるお茶に適したものに変質させるんです」

「なるほど、家族全員で水を作る感じなんですね。エヴァさんがこっちに出てきちゃって、大丈夫なんですか？」

「私の祝福は別になくても、綺麗な水をどこからか持ってくれれば事足りるので。父も母も、いい機会だから行ってこいって言ってくれました」

「そうでしたか。あとで親御さんにもお礼を言わないとだ」

「フィン様、池全体にエヴァ様に祝福をかけてもらっちゃいましょうよ！」

フィンたちの話をキラキラとした瞳で聞いていたハミュンが声を上げる。

「この池全体を、さっきみたいに透き通ったものにしちゃうんです！　きっと、すっごく綺麗になりますよ！」

「……いや、それはちょっとやめたほうがいいかもしれないよ。やるにしても、やりすぎないように注意しないと」

「えっ、どうしてですか？」

フィンの言い分に、ハミュンをはじめとした皆が怪訝な顔になる。

「ここって、カニとか魚がいっぱい住んでるんだよね？」

「はい、たくさん住んでます。ナマズもいますよ」

「そういった生き物ってさ、こういうふうに濁ってないと隠れる場所がなくなっちゃうんだよ。水面の藻とか、水中を漂ってるちっちゃな虫を食べたりもしてるし。エヴァさんの祝福を使うと、そういうものまでなくなっちゃうみたいだからさ」

「ええと……完全に水を綺麗にしちゃうと、今棲んでる魚とかカニが生きていけなくなっちゃうってこと？」

小首を傾げるメリルに、フィンが頷く。

「うん、そうなるかもしれない。だから、やるにしても一気にじゃなくて、少しずつやったほうがいいかなって」

「そっか、魚やカニが捕れなったら困るもんね。何でも綺麗にすればいいってわけじゃないのね」

「この池もそうだけど、川も森も、全部が大切な資源だからさ。今あるもので有用なものは、なるべく残しながら発展させていけたらなって」

「そうですか……綺麗な池で泳げたらって思ったんですけど、魚が捕れなくなるのは確かに困りますね……はあ」

ハミュンが残念そうに言う。

この村の場合、体を洗うのは、湯につけたタオルで体を拭いたり、川で行水をするといった程度なのだ。この池が泳げるほどに綺麗になれば、と思うのは当然だろう。

「フィン、川の水をどこか別の場所にも引いて、泳げるような池を作ればいいんじゃないかしら」

「フィブリナ様！　それはいい考えですねっ！」

それだ！　と言わんばかりに、ハミュンが瞳を輝かせる。

「フィン様、そうしましょうよ！　村の近くに、泳げるくらい綺麗な池を作るんです！　絶対に村には必要ですよっ！」

鼻息荒く言うハミュンに、フィンが苦笑する。

「うん、そうだね。池もそうだけど、お風呂も早いとこ作らないとね」

「お、おおお風呂ですか⁉　お風呂を作っていただけるんですかっ⁉」

勢い込んで言うハミュン。

ライサンダー家で初めてお風呂を体験してからというもの、ハミュンはその気持ちよさが頭を離れずにいた。

とはいえ、大量の薪を消費し、お湯を沸かさなければならない風呂はかなりの贅沢品である。なんとか村にも作って欲しいとは思っていたが、さすがに気がとがめて言い出せずにいたのだ。

「もちろん。僕もお風呂には入りたいし、作らないとって思ってたんだ。ハミュンもお風呂、入りたいでしょ？」

「入りたいですっ‼」

「私も入りたいわ。お湯に浸からないと、なんだかすっきりしなくて」

「私も私も！　この際、何日かに一回とかでもいいからお湯に浸かりたいよ。フィンの家みたいに立派なお風呂じゃなくてもいいからさ」

ハミュンだけでなく、フィブリナとメリルも賛成とばかりに声を上げる。

スノウとエヴァも、お風呂と聞いて顔を見合わせている。彼女たちの家にはサウナ風呂はあるが、湯に浸かる風呂はなかったのだ。

「だよね。とりあえず、サウナ風呂だけでも作っちゃおうか。わりと簡単に作れると思うしさ。お湯を沸かすための道具は、お金ができたらすぐにライサンドロスの鍛治屋に発注しよう」

「ああ、それなら、俺が街に戻ったら先に発注しといてやるよ。金はまあ……兄貴から借りれば大丈夫だろ」

軽く言うロッサに、フィンが心配そうな顔を向ける。

「えっ、でも、家にそんなお金あるの？　まだ石炭だって掘れてないだろうしさ」

「大丈夫だって。そんな、まるっきり金がないってわけでもないからさ。大釜の一つや二つくらい平気平気」

この世界では、風呂の湯を沸かすのには大釜を用いている。浴槽のある風呂場の隣に湯沸かし用の部屋を置き、そこに置いた釜で沸かした湯を浴室へつながる小窓から流し込むのだ。

ちなみに、王都のような発展している街以外で風呂がない理由の一つに排水問題が挙げられる。残り湯をきちんと排水でき、不衛生にならないように街なかの水路を整備できなければ、風呂は作れないのだ。

「ならいいけど……じゃあ、ついでに水車も発注してもらえる？　王都の工房に頼まないといけないと思うけど」

「ああ、そうだな……って、水車なんてでかいもの、運ぶのはかなり大変だな。王都からも距離はかなりあるし、しばらく時間がかかると思うぞ」

「それは仕方ないよ。それに水車がないと、いちいち川まで水を汲みに行かないといけないしさ」

「そりゃそうだけどよ……水車は少し値が張るから、場合によっちゃ後回しになるぞ。輸送にもけっこう金がかかると思うし」

「うん、それは大丈夫。とりあえず大釜だけあればいいよ。水車は、もし可能ならって程度で考えておいて」

「……ス、スノウちゃん、なんかすごい話をしてるね」

あれやこれやと話しているフィンたちを見て、エヴァがスノウに小声で話しかける。

「そうね……投資に躊躇がないっていうか、この先の資金繰りにすごく自信がある感じよね」

「これってさ、フィン様が言ってたみたいに、この村がものすごく発展できたら、私たちも大貴族になれるのかなっ？」

「んー……そうなるかもしれないわね。でも私たちの存在意義って、フィン様の祝福があってこそよ？　あんまり楽観的になって、祝福だけ使ってればいいっていうふうには考えないことね」

なにやら含みのある言いかたをするスノウ。

「え？　どういうこと？」

「もし同じ祝福を持っている人が見つかって、私たちより祝福以外の立ち回りが有能だったら？用済みだって暇を出されないように、祝福を使うだけじゃなくて他のお仕事も頑張るようにしておいたほうがいいわ」

「う……そ、そうだね！　チャンスを逃さないように頑張らないとだね！」

「ふふ、その意気よ。頑張りましょう」

そうしてしばらく池を眺めながら、フィンたちは今後の構想をあれこれと話し合うのだった。

◆

その日の夕食後。

フィンたちは翌日から本格的に村の改革に取りかかるため、領主邸の居間で話し合っていた。

「それじゃあ、明日から始める内容をおさらいするね」

フィンがテーブルに手帳を広げる。

先ほどまでの話し合いの結果をまとめたものが、簡潔に記されている。

「事業は三つ。まず一つ目が、食料の増産と品質管理。責任者はメリルとスノウさん」

「うん、任せてよ！　高品質な野菜をばんばん作ってあげるから！」

自信ありげに、メリルが胸を張る。

名目上、メリルが責任者で、スノウがその補佐だ。

スノウが祝福で野菜を育て続け、メリルが収穫したものを片っ端から最高品質に変える。それらを食料庫に保管し、ある程度量が確保できたら他領に話を持ちかけて買い取ってもらうのだ。

「今植えられているダト芋でしたら、七日もしないうちに大量に収穫でき始めると思います。今のうちから、買い取り先を見繕っておいたほうがいいかと」

「えっ、そんなに早く採れる見込みなんですか？」

驚くフィンに、スノウがにっこりと微笑む。

「はい。たくさん肥料を用意してもらえたおかげで、今こうしている間にもどんどん大きくなっていますよ。貯蔵場所も新しく作らないと、すぐに収まりきらなくなると思います」

「そ、そんなにですか。分かりました、貯蔵場所の建築も行いましょう。これ、新しく領主邸を作ってる場合じゃないな……」

「フィン様、大丈夫ですよ！　今の家は少し狭いですけど、なんとか全員寝泊まりできるくらいの広さはあるんですから！」

ハミュンが明るく言い放つ。

だが、この村にはいろいろな祝福を持つ下級貴族を大勢呼び寄せる予定なのだ。

「今は確かにそうなんだけどさ、これ以上人が増えたら住む場所がなくなっちゃうよ。遅かれ早かれ、家は建てないといけないんだよ」

「そ、そうですか……」

なにやら、しゅんと肩を落としているハミュン。

フィンは小首を傾げながらも、手帳に目を戻した。

「えっと、二つ目の事業は、この近隣の地図の作成。責任者は、僕とハミュンだね……ハミュン、聞いてる？」

「えっ？　は、はい！　地図ですね！」

「うん。あちこち案内してもらうことになると思うけど、よろしくお願いするよ」

この地域は長年管理がなおざりになっていたせいで、困ったことに非常に古い地図しか存在していない。

数百年前に、エンゲリウム鉱石という非常に長い間燃え続ける鉱石が採掘されていた当時の地図があるにはあるが、あまりにも古すぎて現在の地形と差異が大きすぎるのだ。

そのうえ、エンゲリウム鉱石を採掘していた鉱山付近は比較的細かく記されているが、それ以外はほぼ空白である。

とりあえずは大まかな地図を作成し、他の地域との交易や資源探査に役立てるのが狙いだ。

本当ならば、オーランドに来てもらって資源探知の祝福を使ってもらうのが一番手っ取り早い。

だが、領地運営にいっぱいいっぱいの状態の彼に、何日も領地を離れてこの村に来てくれるように頼むのは、さすがに無理があるだろう。

とりあえずは自分たちでもできることを、一つずつこなしていくしかない。

「うん。詳細な地図を作ろうっていうわけじゃないけど、けっこう時間はかかると思うんだ。大変だと思うけど、頑張ろう」

「はい！　頑張ります！」

再びフィンが手帳に目を戻す。

「それで、三つ目の事業。サウナ風呂の建設だね。責任者は、フィブリナ姉さんとエヴァさん」

「はあ、やっとお風呂作りに取りかかれるのね……。エヴァちゃん、頑張りましょうね」

「はい。お風呂は死活問題ですから、頑張ります！」

風呂については、ハミュンをはじめとした女性陣たっての希望であり、村の皆で使うことのできるサウナ風呂を早急に作ることになっていた。

風呂用の小屋の建設から始めないといけないので、多くの人員を割くことになっている。倒壊しかかっている建物も解体し、使えそうな材料があれば流用する予定だ。

「よし、明日から皆で協力して頑張ろう。今はまだ春だからいろいろ作業も進められるけど、寒くなってきたらそうもいかなくなる。安心して冬を迎えられるように、今から大急ぎで事業を進めないといけない」

「ハミュンちゃん、この辺って、冬場は雪はどれくらい降るの？」

メリルの問いに、ハミュンが思い出すように唇に指をあてる。

「んーと、雪は年に四、五回くらいしか降りませんね。たまにものすごく降ったなって思うときでも、足首の少し下くらいです」

「へえ、そうなんだ。山奥って、もっと雪が降るものだと思ってた」

「この辺りは盆地だからね。周囲を山に囲まれてるから、空気はわりと乾燥してるんだよ。雨もそんなに降らないでしょ？」

「はい、そのとおりです！　さすがフィン様、なんでも知ってるんですね！」

嬉しそうに言うハミュン。

他の皆はそんな話は初耳らしく、感心した様子でフィンを見ていた。

「フィン、よく知ってるね。学校じゃ、そんなこと習わなかったと思うけど」

「前世で話を聞いたことがあっただけだよ。山を越えた空気って、山を下るときに暖まりながら乾いていくんだって。だから、盆地は雪も雨も少ないらしいよ」

ほう、と皆が感心して頷く。

「なるほどなぁ。フィン、その前世の知識ってやつさ、この先いろいろと役に立つことも多いと思うぞ。話を聞く限り、どうやらこの世界より技術はかなり進んでるみたいだしさ」

「そうね。知ってることで役に立ちそうなものがあったら、どんどん教えてくれると嬉しいわ」

ロッサとフィブリナの言い分に、フィンが苦笑する。

「いや、そうは言っても僕はただの一般人だったし、何でも詳しく知ってるわけじゃないよ」

「でも、私たちよりは知っていることは多いはずでしょう？　なにしろ、人生を二回分経験しているわけなんだから。それも、別の世界で」

「確かにそうだね……。うん、分かった。何か気づいたら、すぐに皆に伝えることにするよ」

「ええ、ぜひそうしてちょうだい。あなたの知識は、きっと祝福以上にこの先役に立つことになるかもしれないんだから」

「しかし、他人の祝福をA＋にするっていうだけでも反則的な力なのに、別の世界の記憶まで持ってるって、ちょっと欲張りすぎだよな。まったく、次兄の俺より末弟のほうが頭もいいし祝福もすごいって、俺の立場も考えろよ」

ロッサがぐりぐりとフィンの頭をこねくり回す。

「し、知らないよ。文句なら女神様に言ってよ……」

「ふふ、でも本当にどうしてフィンにそんな祝福が宿ったのかしらね」

「だなぁ。頭打ったってだけで、まるで人が入れ替わったみたいに性格まで変わっちまったしよ。お前、本当にフィンなんだよな？」

「正真正銘、本物のフィンだよ。記憶だってちゃんと昔のも残ってるんだから……ちょ、いい加減頭をぐりぐりするのやめてよ！」

「ええい、この、羨ましいぞ弟よ！　これから出世しても、兄ちゃんのこと大切にしてくれよな！」

「わ、分かったって！　分かったからやめてよ！」

その後、皆でフィンに前世の世界について質問攻めにしながら、しばらく雑談は続いた。

✦
✦
✦

その日の夜。

フィンは一人、家の外で夜空を見上げていた。

どうにも眠れずに、こっそり起きてきたのだ。

「フィン」

ぼうっと星を眺めていると、ふと背後から声をかけられた。

「メリル、どうしたの？」

「えへへ、なんか眠れなくて」

メリルはフィンの隣に来て、一緒に空を見上げた。

「綺麗だね……。なんだか、王都にいたときよりも綺麗に見える気がする」

「この辺りは真っ暗だからね。王都は夜遅くまで街灯がついてるし、お店もいっぱい開いてるから さ、星の明かりが霞(かす)んじゃうんだよ」

真面目に答えるフィンに、メリルが苦笑する。

「どうかした？」

「ううん、フィンらしいなって思って。記憶が戻ってから、いろんなこと教えてくれるようになったよね」

「そうだね……。ほんと、僕も驚いてばかりだよ」

フィンが笑うと、メリルは心配げな目を彼に向けた。

「……フィンは、前のフィンと同じフィンだよね？」

「え？」

きょとんとした顔を向けるフィンに、メリルが少し陰のある笑顔を向ける。

「あはは。ごめんね、変なこと言って」

「……僕が、別の誰かと入れ替わったみたいに感じる？」

夕食後にロッサから言われたことを、フィンが尋ねる。

メリルは小さな声で「うん」とつぶやいた。

「フィン、頼もしくなったよね。すごく明るくなったし、祝福だってすごいのが身についちゃったし、いつも前向きだし。なんだか、私の知ってるフィンじゃなくなっちゃったみたい」

「それは……確かにそうだね。でも、僕は僕だよ。小さい頃からメリルにずっと守ってもらってたフィンだ。記憶が戻って考えかたが変わったっていうだけで、僕は僕のままだよ」

「……うん、そうだよね。ごめんね、変なこと言って」

「変なことだなんて……」

お互い言葉を発さず、沈黙が流れる。

「……ねえ、覚えてる？　確か十歳の頃だったと思うけど」

何気なく星を眺めていると、不意にメリルがフィンに声をかけた。

「夏休みに帰省したときに、私がフィンのお父様が大切にしてた陶磁器の壺を割っちゃってさ」

「ああ、そんなこともあったね。僕がメリルを庇って自分がやったことにしようとしたら、オーランド兄さんに『それはメリルがやったんだろうが』ってばらされちゃったっけ」

「そうそう！　あれ、本当に酷かったよね！　せっかくフィンが庇ってくれたのに、結局二人してすっごく怒られちゃったしさ！」

メリルが楽しそうに答える。

少しだけほっとしているような、そんな雰囲気もフィンには感じられた。

「あはは。壺を割ったことより、嘘をついたことに父上はすごく怒ってたよね。メリルも嘘つきの共犯みたいに言われちゃったし」

「ほんと、あれは理不尽だって子供心に思ったわ！　今にして思えば、あれからオーランド様のことが苦手になったような気もするし」

「それは逆恨みだよ。僕たちが悪かったんだしさ」

「分かってるけど、納得がいかないの！　だいたい、フィンが私のことを庇わなければ、あんなことにはならなかったんじゃない！」

「ええ……それこそ、僕にとっては理不尽な言いがかりだよ……」

それからもしばらくの間、フィンとメリルは思い出話をしながら星空を眺めていた。

✦
✦
✦

翌朝。

フィンたちは皆で村の入り口に集まり、ロッサの出発を見送っていた。村人たちも全員集まっており、皆での盛大な見送りだ。

馬車には、祝福で高品質化した芋と麦が載せられている。

ロッサはライサンドロスでオーランドの仕事を手伝いつつ、知り合いに作物の売り込みと登用の話を持ちかけることになっている。

「じゃあなー！　すぐに戻ってくるからなー！」

走り出した馬車の窓から、ロッサが大きく手を振る。

皆が手を振って応えるが、彼の視線の先にいるのはスノウだけだ。

スノウは優しく微笑みながら、手を振り返していた。

「ねえ、フィン。ロッサとスノウさんって、どうしてあんなに急に打ち解けたの？　何か聞いてない？」

メリルが小声でフィンに話しかける。

「『他人行儀なのは苦手だから、呼び捨てにさせてくれないか』ってロッサ兄さんから頼んだらしいよ。そしたら『普段どおりのロッサ様で接してください』って答えてくれたらしくて、あんな感じになったんだってさ」

「へえ、そういうこと。なんていうか、そこまであからさまに好意を見せつけられたら、下手に隠したりしてるより清々しくて逆に印象がよくなりそうだわ」

「はは、そうかもしれないね」

さて、とフィンが皆に目を向ける。

「作業に取りかかろうか。今はまだ春だけど、あっという間に夏がきて、すぐに冬がやってくるよ。時間はたくさんある、なんて考えずに、どんどん改革を進めていこう」

フィンの宣言に、皆が元気に返事をする。

今日この日から、本格的にエンゲリウムホイスト村の改革が始まるのだ。

第七話　資源は採掘できるものだけじゃない

ロッサを見送った後、村人たちに作業の指示を出したフィンは、「さて」と隣に立つハミュンに顔を向けた。

「ハミュン、すぐに出発できるかな？」

「はい！　お弁当も用意しましたし、準備万端ですよ！」

カバンを斜め掛けにしたハミュンが、にっこりと微笑(ほほえ)む。

フィンとハミュンは、これから地図作成のために二人で散策に出かける予定だ。大昔の地図をもとに周辺を見て回り、新しい地図を作成するのである。

「フィン！」

「ん？　メリル、どうしたの？」

皆がそれぞれの持ち場に散っていくなか、いったん離れかけたメリルがフィンのもとに小走りで戻ってきた。

「フィンは、もう散策に出かけるの？」

「うん、廃鉱辺りまで行ってこようかなって。夕方までには戻れると思うから、その間のことは頼むね」

「……やっぱり、私も行っちゃダメかな？」

突然の申し出に、フィンがきょとんとした顔になる。

「え、どうしてさ？　どこか、見たい場所でもあるの？」

「そういうわけじゃなくて……その、フィンが心配なのよ。また何かあったらって思うと……」

「そんな、大丈夫だよ。この辺に詳しいハミュンも一緒だしさ。危ないことなんてないよ」

「それは……そうかもしれないけど……」

心底心配そうな顔をするメリル。

そんな彼女に、ハミュンは、にぱっと笑顔を向けた。

「メリル様、大丈夫です！　フィン様のことは、私がお守りしますので！」

「うー……本当に大丈夫？　危ないところに行かないでよ？」

「はい。今日行くのは廃鉱の前までですから、大丈夫です。途中の道も、危ないところはありませんし」

「本当？　もしフィンが廃鉱に入りたいって言っても、絶対に入れちゃダメだよ？　あと、少しでも危ないところには、絶対に近づけないでね？」

「メリル、一応ハミュンより僕のほうが年上なんだけど……」

苦笑するフィンに、メリルが困ったような顔を向ける。

「年上っていったって、このあいだ勝手に飛び出していって、崖から落ちて死にかけたのはどこの誰なのよ。まったく信用ならないわ」

「いや、さすがにもうあんなバカなことはしないよ。する理由もないんだし」

「そうだけど……うう、心配だなぁ。村の人、何人か一緒に行ってもらったほうがいいんじゃない？」

「大丈夫だって。この辺は危ない獣も出ないし、道さえ間違えなければ安全だからさ。だよね、ハミュン？」

「はい。イノシシ除(よ)けに鈴も付けていきますし、危ないことなんて何もないですよ？」

「うー……」

なおもメリルが渋っていると、少し離れたところから見ていたフィブリナが苦笑して声をかけてきた。

「メリル、大丈夫よ。ハミュンちゃんが一緒なんだから」

「で、でも、また怪我(けが)したりするかもしれないし、ハミュンちゃんとはぐれて迷子になったりするかも……」

「う、うーん……。そう言われると、私も心配になってきたわ……」

「いや、迷子って……僕、これでも十八歳なんだけど」

その後、メリルだけでなくフィブリナまでも一緒になって心配しだしてしまい、数十分かけて二人を説得した後にようやく出発となった。

「はー、メリルもフィブリナ姉さんも、いくらなんでも心配しすぎだよ。まるで子供扱いだもんなぁ……」

ざくざくと獣道を進みながら、フィンがため息をつく。

「あはは。メリル様もフィブリナ様も、まるでフィン様のお母さんみたいですね！」

「本当だよ。まあ、確かに今までは面倒見てもらってたようなものだけどさ……」

「そうなんですか？　三人で一緒に暮らしてた、とかですか？」

「そういうわけじゃないんだけど……僕とメリルは、貴族学校の同期生でさ――」

フィンが寮生活をしていた頃の思い出話を、ハミュンに語る。

思えば、学生生活ではメリルがいつもフィンの隣にいた。常に彼女がフィンを守ってくれていた、と言っても過言ではない。

「男子寮と女子寮で分かれてたけど、メリルはよく僕の部屋に忍び込んできてさ。洗濯物を畳んでくれたり、愚痴を聞いてくれたりしてたっけ。勉強も見てくれたし」

「そうだったんですね……。フィン様、すごくメリル様から大切に想われてるんですね！」

「え!?　そ、そうかな？」

「だって、好きでもない人にそこまでしようなんて思わないですもん。いいなぁ、私もそんな恋愛してみたい……」

「い、いや、別に付き合ったりしてるわけじゃないんだ。小さい頃にいろいろあってさ、それで、メリルは僕のことをずっと気にかけてくれてたんだよ」

フィンはメリルに惚(ほ)れてはいるのだが、今までが今までだっただけに、彼女から自分に向けられている感情は同情と罪悪感の延長だという認識だった。

それを今から払拭し、有能で男らしいところを見せようと気張っているのだ。

「またまた！　隠さなくても……あ！　も、もしかして、あのお二人と恋の三角関係だったりするんですかっ？　姉妹でフィン様を取り合う、みたいな！」

「ええ、なんでそういう方向に行くんだよ。それに、この間まで、僕は本当にポンコツだったんだ」

「ポンコツ？　フィン様がですか？」

「うん。貴族なのに祝福も持ってなかったし、いつもうじうじしててさ。我ながら、本当にいいとこなしだったよ」

「うーん、今のフィン様からは想像もつかないです」

「あはは。そう言ってもらえると、ちょっとだけ自信がつくかな。この調子で頑張らないとだ」

「はい！　今のフィン様、すごくかっこいいですよ！」

そうしてハミュンと楽しく話しながら、以前転落した崖下へとやってきた。

自分が倒れていたところを見てみると、赤黒く乾いた血が白い岩にべっとりとこびりついていた。

「うえ、すごい血だ。こんなに出血して、よく生きてたなぁ」

「ほんとですね……あそこから落ちたんですもんね」

ハミュンが崖を見上げる。

高さにして、十メートルは優にありそうだ。

そうして崖を見上げていると、フィンはその岩肌に気になるものを見つけた。

「……あれ？　これって、石灰じゃない？」

フィンが崖の岩肌に歩み寄る。

一面に白い鉱石が覗(のぞ)いており、どうやら石灰の地層が露出しているようだ。

「なんだ、こんなところに石灰鉱山があったんじゃないか。掘り出して活用すれば……って、ここからじゃ採算が取れないから放置されてるのか」

石灰はオーガスタ王国内でもあちこちで採掘されており、価格はかなり安い。用途はモルタルの製造、床下の虫除(むしよ)け、そして肥料だ。

「えっ、この石って、何かに使えるんですか？」

「うん。肥料にもなるし、建材の材料にもなるよ。あと、食べ物にも使えると思ったけど」

「い、石を食べるんですか？　それに、肥料にもなるんですか……はえー」

ハミュンが感心した様子で崖を見上げる。

石灰というものが何なのかということすら、この辺りには伝わっていなかったようだ。

この世界での使われかた以外にも、フィンは前世の知識から何に使えるのかを知っている。石灰を加工したものを添加物としてパンやマカロニなどの食品に混ぜて使っているというのは、出張先でついでに観光した資料館で見た記憶があった。

そのほか、お菓子などの乾燥剤やお弁当を温める発熱剤にも生石灰が使われていたはずだ。生石灰とは、石灰石を千度ほどの高温で熱して分解させたもののことだ。

「うん。石っていっても、大昔の珊瑚(さんご)とかが化石になったものなんだ。カルシウムっていう、骨のもとになる成分でできてるんだよ」

「え、ええと……さんごって何ですか？」

「あ、ごめん。珊瑚っていうのはね――」

フィンの説明を、ハミュンは興味津々といった様子で頷きながら聞く。

ハミュンは何事にも興味を持って真剣に聞いてくれるので、フィンとしても教えがいがある。

「なるほど。ということは、この辺りも大昔は海だったんですね」

「そうかもしれないね。珊瑚だけじゃなくて、殻を持った生き物の死骸が化石化したものだったりもするけどさ」

「そうなんですね……はあ、海かぁ。見てみたいなぁ……。海って、お話の中でしか聞いたことがないです」

はあ、とハミュンがため息をつく。

話を聞いただけでは、海がどんなものなのか上手く想像がつかない。ただひたすらに大きな池、といったふうにしか思い描けなかった。

「そうだね。僕も、こっちの世界の海はまだ見たことないや」

「鉄道ができたら、見に行けるようになりますかね？」

「うん、きっと行けるようになるよ。さてと、そろそろお昼にしよっか」

「はい！　って、フィン様の血だまりの上で食べるのはちょっと……」

「そ、それもそうだね。どこかいい場所知らない？」

「んーと……あっちの木陰とかどうですか？　きっと涼しいですよ」

「うん、よさそうだね。行こっか」

そうして、二人はいろいろな話をしながら木陰へと向かった。

✦
✦
✦

石灰を発見してから数日後の夕方。

メリルは村人たちと一緒に、畑から収穫した芋を荷車に積んでいた。

「よいしょ。はあ、今日もたくさん採れたわね」

ごろごろとした大きな芋を前に、メリルが満足げに息をつく。

スノウの祝福のおかげで、毎日たくさんの作物が収穫できている。祝福の効果は絶大で、通常であれば夏までに村で採れる収穫量の半分近い量の芋がすでに収穫できていた。

スノウは今、アプリスの種を植えた畑を見に行っている。

「メリル様、あとは私たちがやっておきますから、先にお風呂に行ってしまってはどうですかな？」

村長のアドラスが芋を満載したカゴを手に、メリルに歩み寄る。

「んー、そうさせてもらおうかな。アドラスさん、ありがとう！」

「いえいえ、昨日なんて私たちが先に入らせてもらいましたので」

「あれ、指から血が出てますよ？　怪我したんですか？」

アドラスの指先に血が滲(にじ)んでいるのを見つけ、メリルが手を取る。

「ああ、ひび割れから少し血が出ているだけです。たいした傷じゃありませんので」

「もう、怪我したらすぐに教えてって言ってるでしょ？」

「い、いや、怪我というほどのものでも――」

「あ、姉さん！　こっち来て！　怪我人だよ！」

遠目にフィブリナを見つけたメリルが大声で呼びながら手を振ると、すぐにフィブリナが小走りで駆けつけた。

「あら、ほんとね。痛そうだわ」

フィブリナがアドラスの手を取り、右手をかざす。

傷口がぼんやりと光り輝き、あっという間に傷が塞(ふさ)がった。

フィブリナたちの祝福は毎朝フィンが強化しているので、今使ったものもA＋の効能だ。

しかし、いくらA＋といえども、傷を塞ぐことはできても手荒れそのものを改善させることはできない。ひび割れは塞がったが、治癒部分はガサガサしていてまた割れてしまいそうに見える。

「うーん、傷は塞がっても、このままだとまた割れちゃいそうね……」

「姉さん、手荒れに効く薬とかって持ってきてたっけ？」

「塗り薬がいくつかあったと思うわ。アドラスさん、家に戻ったら渡しますから」

「えっ、そ、そこまでしていただかなくても……」

「いいんですよ。あるものは使わないと」

そうしていると、今度は若い男の村人がメリルたちのもとに駆けてきた。

「け、怪我人です！　ノコギリが滑って、足をざっくり切ってしまって、すごい血が！」

「えっ、大変！　すぐ行きましょう！」

男に連れられて、フィブリナが駆けていく。

現在、新しい食料庫や住居をいくつも建設中なのだが、こうした怪我人がちょこちょこ出るのだ。

村人たちもここまで大掛かりに建築作業を行ったことなどないので、作業量的に事故が起こるのは仕方がないといえばそれまでなのだが。

「いやはや、フィブリナ様がいるおかげで、どんな大怪我をしても安心ですな」

「あはは。でも、痛いことには変わりないんだし、なるべく怪我はしないようにしなきゃですよ？」

「ですなぁ。もう少し、若い連中にも道具を慎重に使うように教えなければなりません……お、始まりましたな」

ぼんやりと輝きだした畑に、アドラスが目を細める。

スノウは強化された祝福の扱いに慣れてきたようで、村の中の畑ならば見に行かなくても状態を把握して祝福を発動できるようになっていた。

「綺麗（きれい）ですよね。こんな綺麗な景色、王都でも見たことないですもん」

「はは。なら、我々はとても運がいいですな。こんな辺境にいながら、都会の人ですら目にできない景色を楽しめるのですから」

さて、とアドラスがメリルを見る。

「メリル様、夕食の支度も私がやっておきますので、のんびり風呂を楽しんできてください」

「うん、そうします。ハミュンちゃんも誘っていきますね」

メリルはアドラスに手を振り、ハミュンがいるであろう領主邸へと向かった。

✦
✦
✦

領主邸の前では、フィンとハミュンがベンチに並んで座り、机に広げた地図に羽根ペンでなにやら書き込んでいた。

何かあったときにすぐに目につく場所にいたほうがいいだろうと、こうして野外で事務仕事ができる場所をフィンが作ったのだ。頭上には天幕用の布が日除けとして張られており、風が抜けてとても過ごしやすい場所となっていた。

「フィン、地図作りは順調？」

メリルが机に手をつき、地図を覗き込む。

両手を広げたほどの大きさの紙に、村を中心とした地図が描かれていた。

見たところ、村の周囲はあらかた描き終えてあるように見える。

「うん。ようやく村の周りは把握できたよ。ハミュンがあちこち案内してくれたおかげだね」

フィンの言葉に、ハミュンが嬉しそうに微笑む。

「えへへ。一緒に頑張りましたもんね！　でも、苔とか雑草まで資源になるなんて、思いもしませんでした」

地図には様々な記号が書き込まれており、鉱山や坑道といった場所以外にも、苔や食用キノコの群生地といったものの在り処まで記されていた。

これはスノウの提案で、そういったものは貴族相手に高く売れるから、と教えてもらったからだ。

立派な庭園を持っているような金持ちの貴族だと、上質な苔を喜んで買い取ってくれるらしい。

キノコも、山深い場所で採れたものは味がいいので、高く売れるそうだ。

「お金持ちの人たちのすることって、ちょっと分からないです……。高いお金を出して買うぐらいなら、自分で森で探せばいいのに」

「確かにそうだけど、あの苔を手に入れるためにいくら払ったとか、このキノコはわざわざ地方の山奥から取り寄せたとか、そういうことも貴族のステータスになるんだよ」

「う、うーん。やっぱりよく分からないです……」

唸っているハミュンに、フィンとメリルが笑う。

「フィン、他に何か資源になりそうなものは見つかったの？」

「ううん、今のところはなにも。でも、将来観光名所にできそうな場所はたくさんあるよ」

「観光名所？　どんなところがあるの？」

「目玉は、過去にエンゲリウムが採掘されてた廃鉱かな。危なくないように中を整備すれば、大昔はここでこういうものを採掘してたんだっていうふうに見て回ってもらえるよ」

「廃鉱を観光地にするの？」

「うん。ああいう場所って、見て回るの楽しいんだよ。中の設備はどれも古いものばかりだろうし、道具も残されてるかもしれない。ちょっとした探検気分にもなるし、勉強にもなるからさ」

「なるほど……大昔の鉱山の中を見学できるってなったら、見てみたいって思うもんね。それ、いいかも！」

「でしょ？　まあ、安全第一で整備を進めないといけないから、後で王都から鉱山技師を呼ばないといけないけどね。そのお金を作るためにも、メリルには頑張ってもらわないと」

「フィン様、その前に鉄道ですよ！　移動に時間がかかっちゃうと、お客さんなんて来ないですよ！」

ハミュンが前のめりになって言う。彼女の中では、何よりも鉄道事業が最優先なのだ。

「はは、そうだね。まずは鉄道からだね」

「はい！」

「ハミュンちゃん、これからお風呂に行こうと思うんだけど、一緒に行かない？」

「あ、はい！　フィン様もどうですか？」

「えっ、僕も一緒に入っていいの？」

「え、えええっ⁉」

ハミュンをからかうフィンを、メリルがギロリと睨む。

「え、えっと、どうしよう……あわわ」

ハミュンは顔を赤くして、両手で頰を押さえていた。

「もう、フィンったら、ロッサみたいなこと言ってるんじゃないわよ。ハミュンちゃん、行こう？」

「あ、はい！　え、えっと……フィン様は？」

「んー、まあ、一緒に入るのはまた今度にしよっかな？　僕は残りの部分をもう少し描いておくよ」

「そ、そうですか。そうですよね……わ、私、着替えを取りに行ってきます！　メリル様のも取ってきますね！」

ハミュンが顔を赤くしたまま、家へと駆けていく。

「もう、ハミュンちゃんは純粋なんだから、からかったらかわいそうでしょうが」

「ごめんごめん。ハミュンって何でもしっかり反応してくれるから、面白くってさ」

「まったく、フィンのくせに他の人をいじるなんて十年早いわ。あんなの、ただのセクハラよ」

「う、ご、ごめんなさい」

「お待たせしましたっ！」

息を切らせたハミュンが着替えを抱えて二人の前に戻ってきたが、フィンを見ると顔を赤くしてもじもじしている。

メリルはやれやれと息をつくと、彼女を連れて風呂へと向かった。


「はあ、びっくりしました。フィン様と一緒にお風呂なんて……はうう」

ハミュンは赤い顔で頭から煙を出している。

「もう、フィンったら冗談に品がないんだから。あとできつく言っておくからね」

「え、冗談……だったんですか？」

ハミュンがきょとんとした顔になる。

「冗談に決まってるでしょ。……え、真に受けちゃったの？」

「はい……なんだ、冗談かぁ。はあ」

そう話しながら歩いていると、風呂小屋のそばで数十人の女性と一緒にいるエヴァを見つけた。

二人して、彼女のもとへと歩み寄る。

「エヴァさん、お洗濯お疲れさま。今日も大量？」

「メリルさん。はい、今日もすっごい量ですよ。まだこれでも、三分の一くらいらしいです」

彼女の前にはいくつもの洗濯カゴが置かれ、どれも汚れた洗濯物で山積みになっていた。

近くには大きな水桶(みずおけ)が数個置かれていて、皆その中でじゃぶじゃぶと洗濯をしている。よく見てみると、桶の中の水はぼんやりと青く光り輝いていた。

「いつ見ても不思議よね……。いくら洗っても水が汚れないなんて。落とした汚れはどこに消えてるのかしら」

「ですね。我ながら、何がどうなってるのか、さっぱり分からないです」

エヴァの祝福で常に水が浄化されるため、どんなに汚れた衣服を洗っても水はすぐに透き通る。

彼女がいるおかげで、村人たちは洗濯をするためにわざわざ川まで行く必要がなくなったのだ。

それどころか、ある程度水洗いをして濡(ぬ)れた洗濯物にエヴァが祝福をかけると、ちょっとした泥や汗の汚れならまとめて消え去るのである。

ちなみに、この辺りの地域は今の時期は比較的空気が乾燥しているため、夜に干しても朝までには乾いてしまう。女性たちは洗濯が終わったそばから、物干し竿にそれらを掛けていっている。

「前にフィンが言ってたけど、これは『洗濯革命』って言っても過言じゃないわね。今までとは、手間が雲泥の差だわ」

「私も、まさか祝福がお洗濯に使えるなんて思いませんでした。フィン様って、家庭的なところにも目が向くんですね」

「ほんとよね。焼いた石灰が乾燥剤になるとか、水を温めるのに使えるとか。いろんなことを知ってて確かにすごいんだけど、視点が所帯じみてるっていうか……」

「前世の記憶、でしたっけ。どんな生活をしていたのか、すごく気になりますよね。……あ、お二人は今からお風呂ですか？」

「うん。今日は早めに入ることにしたの。エヴァさんは？」

「私はお洗濯が終わってから入ろうかなって」

「そっか。それじゃ、先に入らせてもらうね」

「はい、ごゆっくりどうぞ」

エヴァに見送られ、メリルはハミュンと女性用の風呂小屋の中へと入る。

小屋の中は脱衣所、サウナ風呂、洗い場の三つに分かれている。

サウナ風呂でたっぷり温まった後、洗い場で水浴びをして汗と汚れを洗い流すのだ。

脱衣所で服を脱いで棚に置き、タオルを手に引き戸を開いて浴室へと入る。

隅ではかまどにかけられた大鍋で湯が沸かされており、むわっとした熱気が二人を包む。

部屋の広さは縦四メートル、横一・五メートルという長細い造りで、上段と下段に分かれて腰掛けられるように段になっている。

壁に掛けられた三つの豆油ランプの明かりが、室内をほのかに照らしていた。

「はあ、温かい。お湯に浸かるお風呂もいいけど、サウナ風呂も気持ちいいよね」

奥の下段に腰掛け、メリルがため息をつく。

ベンチにはタオルが敷かれており、そこからじんわりとした温かさが腰へと伝わっていく。

「ですねー。こう、体中の疲れがゆっくり外に溶け出していくみたいな感じがします……。メリル様、お水飲みますか？」

「うん、貰おうかな」

ハミュンが席を立ち、入り口に置かれている水瓶に向かう。

柄杓で水を汲み、置かれていた木のコップに入れてメリルに手渡した。

「ありがと。……んー、美味しい」

「このお水、本当に美味しいですよね！　ハーブでお水がこんなに美味しくなるなんて、全然知りませんでした」

水にはスノウが持ってきたハーブが浸けられており、爽やかな香りが鼻孔をくすぐる。

毎日夕方になると、皆でこうしてハーブティーを飲みながら、のんびりと汗を流すのが恒例となっていた。ハーブにはメリルが祝福をかけているため、味だけではなく香りも極上のものだ。

「水出しする時間とか、淹れるハーブの組み合わせでも全然違ってくるらしいよ。私も今度教わろうかなぁ」

「あ、私も教えてもらいたいです！　美味しいお茶が淹れられるって、何だかおしゃれな感じがしますし！」

そうしてしばらく話していると、戸が開いてフィブリナ、スノウ、エヴァが入ってきた。

「あ、姉さん。怪我しちゃった人は大丈夫だった？」

「ええ。太い血管まで切っちゃってたけど、すぐに元どおりに治ったわ。でも、すごく血が出ちゃってたから、何日かは家でゆっくり休むように言っておいたの」

「そっか。出ちゃった血までは元どおりにはならないもんね」

フィブリナの強化された祝福『傷の治癒（A＋）』は、たとえ神経が切れていようが骨が砕けていようが、ものの数秒で治癒できるというすさまじいものだ。

今日の怪我人も普通であれば命に関わるが、彼女のおかげでたいした騒ぎにもならずに元どおりに治癒できた。すでに彼女は、この村に欠かせない存在となっていた。

「そうなのよね。なくした分はたくさん食べて補わないと。血を作るのに、お肉が手に入ればいいのだけれど」

「なら、イノシシとかネズミを捕まえないとですね！」

ハミュンの発した『ネズミ』という単語に、四人が「うっ」と顔をしかめる。

「そ、そうね。でも、できればネズミよりイノシシがいいかしら」

「う、うん。ハミュンちゃん、イノシシがいいよ。大きいし、食べごたえもあるしさ」

村ではネズミを捕まえたら焼いて食べるのが普通なのだが、ライサンドロスや王都では捕獲してもゴミ扱いである。ネズミというだけで、四人ともとても食べる気が起きなかった。

「イノシシですか。あれは捕まえるのがすごく難しいんですよね……。罠で何かいいものがないか、あとでフィン様に聞いてみます！」

「でも、フィン様っていろんなことを知っていますけど、動物の捕まえかたまで知ってるんでしょうか？」

心配げに言うスノウに、ハミュンが元気に頷く。

「大丈夫です！　フィン様なら、もし知らなくても、きっといい方法を考えてくれますから！」

「ですって。フィン様、何かいい考えはおありですかい？」

隣で頭を抱えているフィンに、中年の男が小声で笑いかける。フィンも他の男たちと一緒に、ついさっきサウナに入ったところだったのだ。

建屋自体が真ん中を間仕切りして女性用の風呂と分けているため、話の内容はほぼ筒抜けである。

「いや、罠の作りかたなんて分からないですよ……。ディスカバリープラネットで少し見たことはあるけど、構造なんて覚えてないしなぁ」

「そしたら、あとでなんとかして皆で考えてみましょうや。大体の形が分かってるなら、少し考えれば作れたりするんじゃないですかい？」

「う、うーん。どうだろ。罠って、そんな簡単にできるものなのかな……」

「もしくは、あれだ。餌を置いておいて、それを食べに来たやつを皆で捕まえるってのはどうですか？」

「餌……ああ！　その方法があったか！」

別の若い男の提案に、フィンが顔を上げた。

「塩を使いましょう。山の中に塩を撒いておいて、その下に網罠を仕掛けておくんです」

「塩、ですか？」

「そうです。野山の動物は、塩があればそれを舐めに来る習性があるんですよ。確か、人のおしっことかを撒いておいても、それに含まれる塩分を舐めに来るはずです」

フィンの話に、皆が「ほう」と感心した声を上げる。

「そんな方法が……。それも、そのディスカバリープラネットってやつで見たんですか？」

「ええ、あの番組本当に好きで……。ああ、もう一度見てみたいなぁ。本当に面白かったんですよ」

「そんなにですか。俺も見てみたいなぁ……。あ、フィン様、そのテレビってやつもなんとか作ってくださいよ」

「いや、無茶言わないでくださいよ。何でも屋じゃないんですから」

「でも、ハミュンちゃんはそうは考えてないみたいですよ？」

「うう、そうなんですよね……期待してくれるのは嬉しいんだけど、もう少し控えめにしてくれるといいんだけどな……」

げんなりした様子で言うフィンに、男たちの笑い声が響くのだった。

✦
✦
✦

ある日の昼過ぎ。

午前中で周辺の散策を切り上げたフィンとハミュンは、いつものように領主邸の前のベンチで地図を描いていた。

村の周囲はあらかた探索を終えており、これ以上の範囲となると泊まりがけとなるだろう。

「はえー。こうしてみると、村の周りって資源だらけだったんですね。粘土に石灰に苔に砂利、どれも取り放題です」

地図に点々と記された資源の印に、ハミュンはご満悦の様子だ。

これらすべてがお金になる、とフィンに聞かされていたからだ。もちろん、輸送の問題が解決すればの話だが。

「だね。でも、まずはライサンドロスまでの道を整備して、荷馬車が早く行き来できるようにしないと」

「フィン様、鉄道っ！　鉄道を先に作るべきですよっ！」

ハミュンがいつものように、フィンに訴える。

ハミュンは鉄道を何よりも優先したいようで、ことあるごとに話題に挙げていた。村の周辺を探索するたびにあれこれ聞いてくるので、鉄道の役割や駅という存在の経済効果などをフィンは話して聞かせる。そのたびにハミュンは、「早く作りたいですね！」とわくわくした表情を見せるのだった。

「鉄道さえあれば、人も物も運び放題ですもんね。今からでも、鉄道を作るために何かできることはないんですか？」

「そうだね……。大量の鉄が必要になるだろうから、それを仕入れるための資金がいるね。鍛冶場も必要だし、金属加工の祝福を持ってる人にも来てもらわないと。それに、道も切り開かないといけないから、そのための人員もたくさん必要だ。とにかく、先にお金を稼がないといけないね」

「うーん……やっぱり、すごく時間がかかりそうです……」

しゅんとした様子でハミュンがつぶやく。

フィンは苦笑し、彼女の頭をよしよしと撫でた。

「大丈夫。必ず鉄道は作るからさ。オーランド兄さんには目星をつけた祝福を持ってる貴族に声をかけて欲しいって手紙を送ってあるし、人員さえ集まればきっと上手くいくよ」

「フィン様……！　はい、そうですね！」

そうしていると、メリルとフィブリナが昼食を載せたトレーを手にやってきた。

「ちょっと、なーにいちゃついてんのよ」

「あらあら、仲がよろしいこと」

「えっ、い、いちゃついてるだなんて！　あわわ……」

「ハミュン、からかわれてるんだって……」

途端に顔を真っ赤にして慌てふためくハミュンに、皆が笑う。

「ほら、お昼にしましょ。午後からは、炭窯作りをするんでしょ？　たくさん食べて、元気つけておかなきゃ」

「うん、そうだね。お、ステーキだ！　肉なんて久しぶりだなぁ」

今日のメニューは、イノシシ肉のステーキと灰焼きパンだ。久方ぶりに登場した肉料理に、フィンは嬉しそうな顔になる。

このイノシシは、昨日森で捕獲したものだ。森の中のいつもは人が立ち入らない場所に塩を撒いておき、その下に重りで作動する網罠を設置しておいた。

設置から五日ほどかかったが、見事大きなイノシシを一頭捕獲することに成功したのだ。ちなみに、止(とど)めを刺して解体したのは村の男衆である。

「ふふ、お肉はメリルが焼いたのよ。私は横から少しアドバイスしただけ」

「えっ、そうなんだ。さすがメリル、本当に何でもできるよね」

見事な焼き色のステーキに、フィンが手放しでメリルを褒める。

メリルは家事全般が得意で、料理もかなり上手だ。寮暮らしの時は、学園の方針で身の回りのことは自分でやらなければならなかった。

メリルはフィンの部屋を訪れては、部屋の掃除や衣類のひのし（鉄の鍋に焼けた炭を入れて使うアイロン）がけが甘いと言っては毎回やり直してくれていた。食事も休日は自炊か外食をしなければならないのだが、ほぼ毎食彼女がフィンの分も用意してくれていた。

「フィンが何もできなすぎなのよ。私がいないと、ほんっとうにダメダメなんだから」

「い、いや、それは昔の話だよ。今は料理だってできるようになったし」

「えっ、そうなの？　もしかして、前世でやったことがあるとか？」

「うん。料理も洗濯も……って、料理以外はどれも機械頼りだったから、あんまり上手にはできないか」

「ふーん……。フィンって、前世では結婚はしてたの？」

「いや、独身だったよ。死んだときは、彼女もいなかったなぁ」

「女性とお付き合いしてたことはあるんですか？」

興味津々、といった様子でハミュンが聞く。

「うん。学生時代から付き合ってた子はいたけど、僕が仕事にかまけすぎて見限られちゃったんだ。

そういえば、死んだのも別れた直後だったなぁ」

「むっ。その人、見る目がありませんね！　フィン様を振るなんて、どうかしてますよ！」

「はは、僕が悪かったんだよ。会う約束をしても、仕事が入ってデートが中止ってことが何度もあったしさ」

「でもでも、フィン様みたいな真面目で優しい方を振るなんておかしいです！　最低最悪ですよ！」

「まあまあ、ハミュンちゃん、その辺にしておきなさい。ほら、温かいうちに食べましょう？」

フィブリナが苦笑して、ハミュンにステーキとパンの載った皿を差し出す。

ハミュンは納得していない様子だったが、皿に載ったステーキを見てすぐに表情を綻(ほころ)ばせた。

「はうう、美味しそうです！　私も、ネズミ以外のお肉は久しぶりですよ！」

「そ、そう。ほら、メリルも座って」

フィブリナがメリルをベンチにうながす。

「え？　あ、うん……」

「どうかしたの？」

「ううん、何でも――」

「フィン様ー！　王家の使いの方がみえられましたー！」

メリルが口を開きかけたとき、村の入り口のほうから娘が一人駆けてきた。

後ろには、立派な金属鎧（よろい）姿の数人の騎士を連れている。そのマントには、オーガスタ王家の家紋が大きく刺繍（ししゅう）されていた。

「フィン・ライサンダー殿は誰か？」

「僕がフィンです」

若い男の騎士の呼びかけに、フィンが慌てて立ち上がる。

フィンが駆け寄ると、騎士は右手を差し出した。

「王国騎士団、近衛騎士のカーライル・ハンルだ」

「ライサンダー家が三男、フィン・ライサンダーです」

少し緊張しながら、フィンも右手を差し出す。

近衛騎士というのは、王家に古くから仕える血筋の者だ。そんな人間を使いに寄こすというのは、かなりの大事である。

カーライルは握手をすると、一枚の丸められた書状をフィンに差し出した。

「王家から召喚命令が出ている。今日より八日後の夕刻に、家長のオーランド殿とともに王城へ出向くように」

差し出された書状を受け取って開くと、王城へ出向く日時、礼金と支度金の金額、宿泊する場所と召喚理由が記されていた。

召喚理由は『フィンの祝福についての聞き取り兼雑談』となっている。

「えっと、宿泊場所が王城となっているのですが……。それに、雑談とは？」

「陛下が、貴君らと食事の席を共にしたいとおっしゃられているのだ。私も詳しくは知らないが、フィン殿の祝福について話を聞きたいとのことだ」

「え⁉」

あまりのことに、フィンを含めその場にいた全員がぎょっとした顔になった。

王族と食事をする機会など、ライサンダー家のような中流貴族には絶対にないことだ。

フィンの祝福を考えればありえなくもない話ではあるのだが、それでも王族と中流貴族が会食するなど前代未聞である。

「それと、我らはこのままフィン殿を王都まで護衛することになっている。よろしく頼む」

「わ、分かりました。あの、すぐに出発しないといけないんでしょうか？」

「ああ。本来ならば我々も、もっと早く着けるはずだったんだが、なにぶん山道が予想以上に険しくて遅れてしまってな……」

やれやれ、とカーライルがため息をつく。

彼らはライサンドロスを経由して村までやってきたのだが、あまりにも山道が荒れ放題だったため、想定よりも時間を食ってしまったのだ。普段、こんな山奥に来ることなどはまずないので、非常につらい行軍だった。

「すぐに出発しなければ、天候によっては間に合わなくなってしまうかもしれないんだ。すまないが、すぐに用意をしてもらえると助かる。オーランド殿も、フィン殿の到着を待っているしな」

「分かりました。メリル、悪いんだけど――」

「「あ、あの！」」

言いかけたフィンに、メリルとハミュンの声が重なる。

「あ、メリル様、お先にどうぞ」

「う、うん。……あの、私も同行させてもらうことはできないでしょうか？」

「移動に支障が出ない人数なら構わないぞ。付き添い人も王城での滞在許可は出るはずだ。必要なら、使用人も何人か連れていって構わない」

「あ、ありがとうございます！」

「え、メリル、いいの？　すごい長旅になると思うけど……」

「いいのいいの。ていうか、あなたを一人で行かせるなんて、いくらなんでも危なすぎるわ」

「いや、あの、僕も一応大人なんだけど……。でも、ありがとう。嬉しいよ。それに、僕からも一緒に来て欲しいってお願いしようと思ってたしさ」

「あ、そ、そうだったの？　……えへへ」

メリルが少し顔を赤くする。

「姉さん、私、フィンと一緒に行ってくるね。その間、村のことお願いできる？」

「ええ、分かったわ。こっちのことは気にしないで、気をつけていってらっしゃい」

「ありがとう。私、用意してくるね！」

メリルが家の中に駆け込んでいく。

すると、ハミュンがフィンの袖を引っ張った。

「フィン様、私も連れていってください！」

縋(すが)るような目を向けてくるハミュンに、フィンはすぐに頷いた。

「もちろんいいよ。王都、見てみたいんでしょ？」

「は、はい！　えっと……きっと、この村を発展させる参考になると思って……」

「そうだね。じゃあ、あっちで用事が済んだら、街を見て回ろうか。案内するよ」

「ありがとうございます！」

こうして、急遽(きゅうきょ)フィンたちは王都へと向かうことになったのだった。

第八話　村でも街でも大反響！

「フィン様、王都ですよ、王都！　楽しみですね！」

オーランドと合流するためにライサンドロスへ向かう馬車にガタガタと揺られながら、ハミュンが嬉しそうな顔をフィンに向ける。

馬車に乗っているのは、フィン、ハミュン、メリル、エヴァだ。

エヴァは実家に帰省したいと申し出てきたので、王都へ行った帰りに再び合流して村に戻るという約束で連れてきた。家族に一度、村での暮らしを話して聞かせたいらしい。

「きっと、すんごい大都会なんでしょうね！　ああ、早く着かないかなぁ」

「ハミュンが想像しているより、もっと都会だと思うよ。ライサンドロスなんて比べ物にならないくらい、栄えてるからね」

「そうなんですか！　うう、楽しみですっ！　フィン様はどうしてそんなに落ち着いていられるんですかっ!?」

ハミュンの口ぶりに、フィンが苦笑する。

「そりゃあ、十年間も住んでたんだもの、今さらわくわくはしないよ」

「あ、そうでしたね！　……あれ？　十年ってことは、フィン様は何歳から王都へ行っていたんですか？」

「八歳からだよ。貴族の子供は、全員八歳になったら親元を離れて王都の学生寮で生活しないといけないんだ」

それを聞き、ハミュンがぎょっとした顔になる。

「は、八歳からですか!?　いくらなんでも、早すぎるような……」

「だよね。でも、祝福を持つ人間がその力で好き勝手するような人物にならないように、小さい頃から学校でしっかり教育をするんだ。祝福を悪用したりしないようにね」

貴族の持つ祝福の力は、ものによっては非常に強力だ。使いかたによっては人を殺めてしまうこともあるし、期せずして事故を引き起こすこともある。

そんなことにならないように、貴族の子供は小さい頃から祝福を正しく使う人物になるように教育を施されるのだ。

「そ、そうなんですね……そんな小さな頃から家を出ないといけないなんて、貴族様って大変なんですね……。メリル様もエヴァ様も、貴族学校に通っていたんですよね？」

「うん。十年間きっちり通ってたよ。ほんと、大変だったわ」

「お勉強が、ですか？」

「うん。食事のマナーとかダンスとか、座学以外にも覚えないといけないことが山ほどあるの」

「そ、そんなことまでやるんですか。大変そうです……」

「大変だよ、学期末にはテストがあるし、不合格になると季節ごとのお休み返上で補習を受けないといけないし」

フィンがそう言うと、エヴァが懐かしそうに目を細める。

「ほんと、懐かしいですね……。それに、十二歳からは祝福のおおまかな種類ごとに分けられて、将来関わるかもしれない仕事についても勉強するんですよ」

「へええ！　祝福ごとに、ですか！　本当にいろんなことを勉強できるんですね！」

「ええ。私、ずーっとお茶の淹れかたとか、観賞魚の育てかたとかを習ってましたよ。楽しかったなぁ……」

「すごいですね。卒業してからも、学校で勉強したことでお仕事ができちゃうんですね」

「そうなんですよ。でも、私の場合は、両親も同じことを学校で勉強していたので、なんだか損した気が……。自分の好きな科目も選べたらいいのに」

「あ、そうだ。フィン、王都に着いてからのことだけどさ」

話の流れを断ち切って、メリルがフィンに話を振る。

「陛下との会食って、私たちは出ちゃダメなのかな？」

「んー、どうだろ……。誘われてるのは僕とオーランド兄さんだけだし、ちょっと難しいんじゃないかな」

「そっか、そうだよね……」

「あっちに着いたら、聞いてみようか？」

「えっ。でも、失礼にならないかな？」

「聞くくらいなら大丈夫でしょ。直接陛下に聞くわけでもないんだし」

「そうかな……じゃあ、聞いてみてもらってもいいかな？」

「うん」

「……あれ？　メリル様、今、私〝たち〟って言いました？」

「うん、言ったよ？　ハミュンちゃんだけ置いてけぼりにするわけないでしょ」

当然といったふうにメリルが頷く。

「い、いやいやそんな！　私、ただの平民ですから！　いくらなんでも無理がありますよ！」

「でも……」

「私は大丈夫ですから、お二人で行ってきてください。私は大人しくしているので」

「うーん……フィン、やっぱりさっきの話はいいや。私も待ってる」

「まあまあ、二人とも一緒にお願いできないか、聞くだけ聞いてみるからさ」

そんな話をしながら、馬車は山道をゆっくりと進んでいった。

◆

数時間後。

日も暮れてきたということで、山の中で野営をすることになった。

騎士たちは手慣れた様子で天幕を張り、今は薪拾いをしている。

フィンたちは夕食の支度の担当だ。

「皆さん、夕食ができましたよー！」

フィンの呼びかけに、騎士たちが戻ってくる。

メニューは、村で焼いて持ってきたイノシシ肉のステーキ、ふかし芋、パン麦のおかゆだ。

騎士たちが皿に盛られた料理を見て、怪訝な顔になる。

「フィン殿、そのステーキは村から持ってきたものか？」

「ええ、そうですよ」

「失礼だが、この気温のなか運んできたのでは傷んでいると思うのだが……」

カーライルの言葉に、騎士たちが一様に頷く。

塩漬け肉なら別だが、そうでない限りは肉類はすぐに傷むのが常識だ。しかも、皿に載っているステーキは乾燥してしまっており、黒ずんでカピカピになっていた。

「それは大丈夫です。メリル、お願い」

「うん、任せて」

メリルが料理に手をかざすと、ステーキがぼんやりと光り輝き、みるみるうちに焼き立てのような色合いを取り戻した。

あっという間の出来事に、騎士たちがぎょっとした顔になる。

「なっ!?　い、今のは彼女の祝福の力か？」

「ええ、そうです。食料品質の向上の祝福です」

「そ、そうか……。フィン殿の祝福で、メリル殿の祝福をA＋に強化したというわけだな」

「はい。出来立ての状態にまで戻りました。といっても、熱々にはなりませんけどね」

「フィン殿の祝福は、誰のものでも強化できるのか？」

「おそらくは。強化できなかったことは、今のところ一度もないので」

「そうか……。ふむ、すさまじい祝福だな」

「どうぞ、食べてみてください」

フィンからナイフとフォークを受け取り、カーライルがステーキを切って一切れ頬張る。

「……確かに、まるでたった今作ったような味だ。これは便利だな」

「でしょう？　どんな食べ物でもすぐに新鮮な状態に戻せますから、本当に重宝してます。あと、加工前の材料なら最高品質にまで変化させられるんですよ」

「ああ、それは私も聞いたことがある。食料品質の向上の祝福は、なにかと便利らしいな。このパンと芋にも、祝福をかけてあるのか？」

「はい。どうぞ、食べてみてください」

騎士たちが皿を手に取り、芋やパンを口にする。

数回咀嚼し、皆が同時に「おお！」と声を漏らした。

「こ、この芋、めちゃくちゃ美味いな……」

「ああ、パンもなかなかだが、芋がすごいな……」

「こんなに美味い芋がこの世にあったのか……」

皆が口々に芋を褒めたたえる。

パンよりも芋に称賛が集中しているのは、パンの焼きかたの問題だろう。素材は最高級品だが、パン焼きの腕はさすがのメリルもプロ並みとはいかないからだ。

「むー。灰焼きパン、結構自信あったんだけどなぁ」

「あ、いや、パンもかなり美味いぞ。これほどの味なら、王都のレストランでも通用するだろうな」

「うんうん、メリルの焼くパンはすごく美味(おい)しいよ。なんだか、食べててほっとするっていうか」

「そ、そう?」

「むむ……フィン様、私も灰焼きパンは得意なんですよ! 村に戻ったら焼きますから、食べてみてください!」

「あ、そうなんだ。楽しみにしてるね」

「はい!」

そうして皆でわいわいと騒ぎながら、夕食の時間は過ぎていった。

✦ ✦ ✦

村を出てから五日後の夕方。

フィンたちは、再びライサンドロスへと戻ってきた。

エヴァの家であるフィリジット邸に到着すると、馬車が一台停(と)まっていた。

フィンたちの馬車はその隣に停車し、皆で馬車を降りる。

「フィン様、今両親を呼んできますから、少しお待ちを――」

「エヴァ、帰ってきたのか！」

ちょうどその時、玄関扉が開いて壮年の男女と十代半ばの少女が出てきた。

エヴァの両親と、彼女の妹だ。

「お父さん、ただいま。こちら、ライサンダー家のフィン様とメリル様、それと、エンゲリウムホイストでお世話になってるハミュンちゃん」

「初めまして。フィン・ライサンダーです」

フィンが深々と頭を下げる。メリルとハミュンも一緒になって頭を下げた。

「エヴァさんのおかげで、村の改革事業は思いのほか順調に進んでいます。ありがとうございます」

「ああっ、いやいやそんな！　こちらこそ、お誘いいただけて感謝しています！　私、モーガン・フィリジットと――」

「モーガン殿、早く出発しないと茶会に間に合いませんぞ！」

その時、御者が慌てた様子でモーガンに声をかけた。

「あ、ああ！　すみません、先方との約束の時間に遅れそうでして！　また後ほど、ちゃんとご挨拶させてください！」

「お姉ちゃんも一緒に来て！　ほらほら！」

「え、ええっ!?」

少女がエヴァの手を取り、両親とともに馬車に乗り込む。

そのまま、大急ぎで馬車は走り去ってしまった。

「ありゃ、タイミングが悪かったみたいだね。ちゃんと挨拶したかったんだけど……」

「そ、そうね。エヴァさんまで連れていかれちゃったね……」

まるで嵐のように去っていった一家にフィンたちは唖然としながらも、再び馬車に乗り込んだ。

◆

しばらくして、ライサンダー家の屋敷が見えてきた。

「はあ、やっと着いた……。あれ、お客さんかな？」

遠目にぞろぞろと門から出ていく人々を見つけ、馬車から顔を出したフィンが怪訝な顔になる。

徒歩の人だけでなく、馬車も何台か混じっていた。

そのまま門までたどり着き、敷地へと入る。

すると、ちょうど玄関口にいた若い侍女が、フィンに気づいて駆け寄ってきた。

「フィン様、おかえりなさいませ！　長旅お疲れさまでしたっ！」

「た、ただいま。オーランド兄さんは？」

侍女から今まで見たことのないような可愛らしい笑顔を向けられ、思わずフィンがたじろぐ。

彼女は昨年入ったばかりの新人だが、あまりフィンとは接点がなかった。

「はい、すぐに呼んでまいりますね！」

侍女が家に駆けこんでいく。

「なんか、ずいぶんと元気だったわね……。あの娘、前からあんな感じだったっけ？」

メリルが怪訝な顔で、侍女が消えていった玄関を見やる。

「いや、そんなに愛想のいい印象は持ってなかったけど……」

そうして待っていると、オーランドとロッサが出てきた。

「フィン！　待ってたぞ！」

ロッサがフィンに駆け寄る。

オーランドは少し疲れた顔をしながらも、フィンと目が合うと笑顔を見せた。

「ロッサ兄さん、久しぶり。なんかたくさん人が来てたみたいだけど、何のお客さんだったの？」

「それがさ、全員フィンに一度会いたいって押しかけてきたんだよ。ここ十日間、毎日これだよ」

「えっ、僕に会いたいって……僕の祝福の話が広まってるってこと？」

「ああ。もう街中がお前の噂で持ち切りみたいだぞ。ライサンダー家の三男が、女神様の寵愛を受けたってさ」

「フィン、お前、自分の祝福をあちこちで言いふらしているのか？」

オーランドがため息をつきながら、フィンに歩み寄る。

「お前の祝福は特別なんだ。発現して嬉しいのは分かるが、言いふらすような真似は――」

「い、いえ、僕は言いふらしてなんていませんよ。ねえ、メリル？」

フィンがメリルを振り返ると、メリルもこくこくと頷いた。

「う、うん。そんなことは一度も……あっ！」

メリルが思い出した、といった顔で声を上げる。

「フィン、教会で祝福を確認したとき、礼拝に来てた人が何人もいたじゃない。きっと、その人たちから広まったんだよ」

「ああ、そういえば何人かいたね。神父様、口止めしてくれなかったのかな」

「口止めしたって、そのうちの誰かが家族にでも話したら、そこからどんどん広まっちゃうでしょ。悪い話ならともかく、ライサンドロスにとっては降って湧いた幸運みたいなものなんだし。神父様が口止めしたってしゃべっちゃうわよ、きっと」

「そ、そっか……。でも、人が来始めたのって十日前なんでしょ？　どうして急に……」

フィンが小首を傾げる。

教会で祝福を確認してから、すでに一カ月近くが経過しているのだ。どうして今頃になって、人々が押しかけてきたというのだろうか。

二人の話に、オーランドがため息をつく。

「王家の騎士が家に来たのを見て、噂に信憑性が出たようでな。カーライル殿たちがフィンたちを迎えに行ってから、あっという間に大騒ぎになってこの有様だ。毎日毎日、来客の対応で仕事にならん」

「でもさ、兄貴。他の街からも貴族が何人か話を聞かせてくれって来たし、これはチャンスだって。

使えそうなやつを見繕って、フィンのもとで働かせればいいんだよ」

「えっ、他の街からも来てるの？」

驚くフィンに、オーランドが頷く。

「ああ。皆が口をそろえて『A＋にまで強化されるのなら、自分の祝福はきっと役に立つはずだ』って言ってな。エンゲリウムホイストを改革しているっていう話も広まっているみたいで、登用してくれっていうのが大半だ」

「なんかさ、他の街でもすごい勢いで噂が広がりだしてるみたいなんだよ。もうしばらくしたら、国中の下級貴族が集まってきたりしてな」

あまりの話に、フィンとメリルが顔を見合わせる。

たかだか噂の段階で、そこまで反響があるとは思ってもみなかった。

「フィン、他の連中に見つかる前に、さっさと王都に出発するぞ。ロッサ、後は任せた」

「え!?　お、俺だけ留守番かよ！」

「これだけ客人が来てるっていうのに、二人して家を空けるわけにはいかんだろう。俺が留守の間、客人の対応は任せたぞ」

「ちょ、そりゃあいくらなんでも――」

「あ、あの！」

ロッサが言いかけたとき、門のほうから声がかけられた。

そちらに振り向くと、二十歳くらいの若い男と、十五歳くらいの少女が門のすぐ外に立っていた。

二人とも黒髪で、男は短髪、少女は肩にかかるくらいのショートだ。顔立ちも、どことなく似ている。

男はどこか必死な雰囲気だが、少女のほうはなんとも不安そうな表情をしていた。

「む、君らは先ほどの……」

オーランドが顔をしかめる。

男はそれに構わず、フィンに口を開いた。

「フィン・ライサンダーさんですか!?」

「は、はい。僕がフィンですけど」

「ああ、よかった！　本人に会えるなんて！」

男がフィンに駆け寄り、その手を取る。少女も不安げな表情のまま、後に続いた。

「フィンさん！　俺と妹を雇ってください！　俺たちの祝福は、必ず役に立つはずです！　俺の祝福は『印字転写（D）』で――」

「ジーク・ウィーロット殿」

フィンの後ろから、オーランドがドスの利いた声で呼びかける。

「その話については、また後日おいでいただきたい日時を手紙でお伝えするとお話ししたはずですが？」

「す、すみません。騎士様が入っていくのに気づいて、もしやと思って、つい……」

「また日を改めて話は伺いますので、今日のところはお引き取りください」

「で、でも、オーランドさん！」

「兄さん、今日は帰ろう？」

少女が男の腕を掴む。

「オーランド様、フィン様、大変失礼いたしました。兄さん、ほら」

「う……し、失礼いたしました」

深々と頭を下げ、とぼとぼと二人が門を出ていく。

彼らの背を見送り、オーランドは深いため息をついた。

「あんな連中ばっかりなんだ。あとで話す機会を設けるから帰れといっても、なかなか帰らなくてな。困ったものだ」

「そ、そうなんですか……。すみません、僕のせいで」

「いや、お前のせいではないさ。しかしまあ、何か対策を考えねばならんな。この際、秘書でも雇って対応させるか……」

「……フィン様、秘書ってそんなこともするんですか？」

ハミュンが小声でフィンに話しかける。

「そうだよ。秘書は主人の頼みに応える何でも屋みたいなところもある仕事だからね」

「しゅ、主人って……あわわ、フィン様が私のご主人様……」

何を妄想しているのか、ハミュンは顔を真っ赤にしている。

「まあいい。フィン、すぐに王都に出発するぞ。万が一にも、遅れるわけにはいかないからな」

「うん、分かった。ロッサ兄さん、大変だと思うけど、あとはお願いね」

「マジかよ……」

そんなこんなで、フィンたちは休む間もなく王都に向けて出発した。

◆

「兄さん、あれから領地運営は順調ですか？」

王都へと向かう馬車に揺られながら、フィンはオーランドに話しかける。

ライサンドロスと王都は隣り合っているが、つながっている道は峠道だ。オーガスタ王国は山だらけで平地が少なく、領地の区分はだいたいが山や谷、湖や森などで分けられている。

エンゲリウムホイスト村の場合は、過去にエンゲリウムをライサンダー家の先祖であるホイスト・ライサンダーが発見した功績から管理を任されており、ライサンドロスからそこにいたるまでの山もライサンダー家の管理区域となっていた。

「ああ、順調だぞ。炭鉱作業員も必要分は集まったし、すでに採掘済みの鉱山から硫酸銅も見つけたしな。先に硫酸銅と石炭を掘りながら、余裕がでたら銀も掘ることになっている。あの銀鉱は、少しばかり深く掘らなければいけないようだからな」

前回フィンが去った後、オーランドは街の端から端まで移動して回り、近場にある資源を片っ端からメモした。

石炭をはじめとした資源はあちこちにあることが分かったため、この先何世代も資金に困ることはないということが確定していた。

「本当に、お前のおかげで助かったよ。父上と母上も、きっとあの世で喜んでいるだろうな」

「はい。ライサンダー家の名に恥じぬように、今後も頑張ります。そういえば、父上たちの遺体って、もう掘り起こされたんですか？」

「いや、かなり大規模な崩落をしたようだからな……。掘り出すには、半年や一年かかってもおかしくないだろうな」

「そうですか。早く掘り出して、ちゃんとお墓に埋葬してあげたいですね……メリル、どうしたの？」

フィンの手元をじっと睨みつけているメリルに、フィンが小首を傾げる。フィンの手には、屋敷で出迎えてくれた侍女から貰った小袋が握られていた。

「フィン、気をつけなさいよ。あの娘、フィンのこと狙ってるから」

「えっ？」

ほんのりと温かい小袋に、フィンが目を落とす。中身は、焼き立てのクッキーだ。大急ぎで焼き上げてくれたとのことだったが、フィンは受け取るときになぜか手を握られていた。

「あなたがこれから出世確実だって分かったから、粉かけてきてるのよ。あの娘、フィンに祝福が発現する前に、同じようなことをしてくれたことがあった？」

「い、いや、一度もないね」

「でしょ？　あわよくば、側室にでもなろうって腹積もりなのよ。もし夜中に迫られても、絶対に相手しちゃダメよ。ろくなことにならないわ」

「うむ、メリルの言うとおりだ。貴族だけではなく、平民の女にも注意するんだぞ。取り返しがつかない、とはならないが、それでも揉め事の種をばらまく必要はないからな」

この世界においては、祝福を持つ者同士から生まれた子供にしか祝福は発現しない。貴族が平民との間にいくら子を成しても、祝福を持つ子供は生まれないのだ。

平民との間に生まれた子供は貴族として認められることはなく、貴族学校に通うことも許されない。貴族と平民の結婚自体も許されてはいないため、一緒にいたいならば結婚せずに暮らすことになる。

当然、相続権も発生しないため、その貴族が死んだ場合に他に貴族の親族がいなければ、土地と財産の大半は王家に没収されることになるのだ。

なので、平民相手に貴族が子供を作ってしまっても、相手にも子供にもなんの権利も発生しないため、法的な争い自体が起こらないのである。もちろん、道徳的には褒められたものではないので、評判を下げることにはつながるのだが。

「は、はい。肝に銘じます」

「……大丈夫です！　フィン様のことは、私がちゃんと見張っておきますから！」

明るい声で言い放つハミュンに、オーランドがふっと微笑む。

「うむ、よろしく頼む。フィン、頼りがいのある秘書を雇ったな」

「あはは。僕なんかより、よっぽどしっかりしてますよ。世話になりっぱなしです」

「え、ええっ!? そんなことはないですよ！　勉強だって、お仕事だって、分からないことだらけですし……」

「ハミュンちゃん、それはこれから少しずつ覚えていけばいいの。どれだけ真面目に頑張れるか、が大事なんだから」

「……はい！　私、頑張りますね！」

ぐっと、笑顔で胸の前で拳を握るハミュン。

「ただし、領主の秘書になるからには、想像を絶するほどの勉強が必要だぞ。貴族学校で習う程度のことは、すべて理解できないといけないからな。生半可な気持ちでは無理な仕事だ。しっかり頼むぞ」

念押しするように、オーランドが言う。

「う……が、頑張ります！」

少し口ごもったハミュンに、皆の笑い声が響く。

ハミュンも一緒に「えへへ」と笑いながらも、ちくりと感じた胸の痛みは、欠片(かけら)も表情には出さなかった。

第九話　お食事会と土砂降り王女

ライサンドロスを発ってから、二日後の夜。

フィンたちは無事に峠越えを果たし、王都の中を進んでいた。

ハミュンが馬車の窓から顔を出し、その街並みに瞳を輝かせる。

王都では三階建てや四階建ての家は当たり前で、そのほとんどが集合住宅だ。夜にもかかわらずたくさんの商店が開いており、通りには多くの人が行き交っていて活気がある。あちこちに豆油ランプの街灯が立ち並び、暗い夜道をぼんやりと照らしていた。

「あ、あわわ、すごいですね！　すっごく大きな建物がこんなにたくさんあるなんて！　それにあれ、風車ですよね!?」

ハミュンの視線の先には、月明かりに照らされたいくつもの風車がゆっくりと羽根を回転させていた。街のあちこちには風車が設置されており、川や水路の水を汲み上げては各家庭へとつながる上水道に水を送り続けている。

「そうだよ。あの風車で水を汲み上げてるんだ。どの家でも、蛇口をひねれば水が使い放題だよ」

「いいなあ、そんな生活してみたいです……。風って、一日中吹いてるんですか？」

「うん。一年中、一日も欠かさずに吹き続けてるよ。ほら、あそこ。あれは粉挽き風車なんだ。王都に住む人なら、誰でも小麦十キロを三コルで挽いてもらえるんだよ」

この国における通貨は『コル』と呼ばれている。

一コル銅貨、十コル銅貨、百コル銀貨が存在しており、金貨は採掘量の関係から存在していない。

価値としては、一コルでミルク一杯、十コルでちょっとお洒落(しゃれ)なレストランでランチが食べられる、といった具合だ。

「へえ、お金を払えば道具で挽いてもらえるんですか。らくちんですね！」

「村でもなんとかできないか、考えてみるよ。揚水水車を使えば、川の水を村の中まで引けると思うしさ」

そんな話をしているうちに馬車は街なかを進み、王城へとやってきた。

巨大な石造りの正面門をくぐり抜け、広々とした石畳の広場に入る。

「ふう、やっと着いた。王城なんて、学校の遠足以来だ」

フィンが馬車から降り、次に降りるメリルに手を差し出す。

「ありがと。私、全然覚えてないや」

「僕もあんまり。入学してすぐだったし、目新しいことだらけだったから、印象に残ってないよね。はい、ハミュンも」

「ありがとうございます。……わわ、間近で見ると、すごい大きさですね！」

石造りの王城は、非常に巨大で重厚な造りになっている。

観音開きの玄関扉は五メートルほどの高さがあり、今は内側に向かって開け放たれている。

屋上までの高さは五十メートルほどで、国中で一番の高さを誇る建物だ。

戦争を想定して造られているわけではないので、矢を放つための狭間や櫓といったものは備えていない。あくまでも、国の中枢機関としての建造物なのだ。

「オーランド殿」

馬を下りたカーライルが、最後に馬車を降りたオーランドに声をかける。

「今日と明日は城内に泊まっていただくことになっている。この後は侍女が案内してくれるだろう。少しここで待っていてくれ。付き添いの二人については、私から伝えておく」

「分かりました。道中、護衛ありがとうございました」

「うむ。では、我らはこれにて失礼する。また帰りに会おう」

カーライルたちは拳を胸に当てて敬礼すると、王城の中へと入っていった。

✦
✦
✦

それから約一時間後、フィンたちは客室へと案内されていた。

「それでは、迎えの者が来るまでこちらでお待ちください」

若い黒髪の侍女が一礼し、部屋を出ていく。

フィンたちは全員、先ほど風呂から上がったばかりだ。

なぜ通されて早々に風呂に入ったのかといえば、フィンたちの到着を聞いた国王が、せっかくだから今夜も一緒に食事をとろうと言い出したからだ。

とりあえず風呂に入ってさっぱりしろとのことで、城に入るなり風呂場へと直行させられ、今に至る。

「あ、あわわ……。本当に私まで陛下とお食事をすることになるなんて……」

ハミュンが緊張した様子で、きょろきょろと部屋を見渡す。

室内の設備はライサンダー家のものよりもはるかに豪華で、置かれているソファーやベッドなどは一目でその質の良さが分かるほどだ。

部屋は扉を挟んで二分されており、ベッドが二つずつ置かれている。案内されたのは、家族用の客室のようだった。

「ずいぶんすんなり許可が出たよね。ていうか、いきなりお風呂に連れていかれるとは思わなかったよ」

ぽすん、とフィンがソファーに腰掛ける。

「ね、びっくりした。でも、すごく豪華なお風呂だったよね！」

フィンの隣に座り、大満足といった様子でメリルが言う。

風呂は大きな浴槽を備えた大浴場のような造りになっており、壁に取り付けられた狼の彫刻の口からは、常にお湯が湯船に流れ出ていた。サウナや水風呂も併設されていて、フィンからしてみれば前世にあったスーパー銭湯に来たような感覚だった。

「あんなお風呂が村にもあったらいいのに。フィン、同じようなお風呂を村にも作れないかな？」

「作れないことはないんじゃないかな？　ただ、お湯を沸かすのにたくさん石炭がいるし、水も川から水車を使って引いてこなきゃだから、すごく手間がかかりそうだね」

「えっ。フィン様、それって、手間さえかければ村にも同じものが作れるってことですか!?」

ハミュンが瞳を輝かせる。

「うん。石炭はライサンドロスで採れるから、それを使えばいいしね。だよね、兄さん？」

「ああ。あの埋蔵量なら、この先百年掘り続けたってなくならないだろうな。必要なら、定期的にエンゲリウムホイストに送れるぞ。費用についても、心配しなくていい」

「さっすがオーランド様！　できる男は違いますね！」

ばんばん、とメリルがオーランドの背を叩く。

超豪華な風呂やら部屋やら王族との会食やらで、メリルのテンションはおかしなことになっているようだ。

オーランドはしかめっつらで、少し迷惑そうだ。

「あれ？　この器の中、氷が入ってますよ？」

テーブルに置かれていた金属の器を覗き込み、ハミュンが言う。

水差しと一緒に置かれていた器の中には、丸い氷がたっぷりと入っていた。

「あ、本当だ。王妃様の祝福かな？」

「王妃様ですか。確か、祝福は降雪操作でしたっけ？」

「うん。雪を降らせることができるなら、雹とかも降らせることができるのかもね。氷はまん丸だし、何かの機械で作ったとかじゃないような感じだね」

「す、すごいですね。季節に関係なく、氷が作り放題ですか……」

「フィン、何か道具とか使って氷を作れたりしないの？　村でも氷が作れれば、皆すごく喜ぶと思うんだけど」

メリルの問いに、フィンが苦笑する。

「いや、さすがにそれは難しい……いや！　あったあった！　氷は作れないけど、野菜とかを冷やせるすごい道具があった！」

「えっ、冷やせる道具？　何それ？」

「ディスカバリープラネットで見たんだけど……」

「いつものね！」

「いつものですね！」

「い、いつものなのか……」

わくわくした顔のメリルとハミュンに対し、オーランドは困惑顔だ。

「え、ええとね。素焼きの壺の中に小さい壺を入れて、その壺と壺の間に湿らせた砂を入れるんだ。そうすると、砂から水分が蒸発するときに内側の壺の中が冷えるんだよ」

フィンの言っているものは、『ジーアポット』と呼ばれている道具のことだ。

壺と壺の間の砂の水分が気化する際の気化熱を用い、内側の壺を冷やすのである。現代でも、アフリカで用いられている便利な道具だ。内側の壺の中の温度は四度～五度程度にまで下がるので、

保冷性は抜群である。周囲の気温が高く、なおかつ湿度が低くなければならないという条件はあるのだが。

「へえ、そんな道具があるんだ。それなら私の祝福を使わなくても、食べ物を長持ちさせられるね」

「うん。生肉や魚だって、少しは長持ちするようになると思うよ。帰ったら作ってみようか」

「そうだね。陛下にもそういう道具のことを話せば、印象がよくなるかも……って、やっぱり、あれこれ村のことを聞かれたりするのかな？」

メリルの台詞に、オーランドが頷く。

「まあ、そうだろうな。ハミュン、陛下も分かっておられるとは思うが、もし陛下に話しかけられたら、できる限り丁寧に話すようにしてくれ。食事の作法は、俺たちを真似てくれればいい。とにかく、陛下の不興を買わないようにな」

オーランドが言うと、ハミュンはこくこくと頷いた。

「は、はい！　皆さんの真似っこをすればいいんですね！」

「まあ、村のことを聞かれたら、なるべく僕やメリルが答えるようにするよ。分からないときだけ、ハミュンに話を振るようにするからさ」

「分かりました！」

そんな話をしていると、コンコンと扉がノックされた。

フィンが返事をすると、先ほどの侍女が入ってきた。

「会食の支度が整いましてございます」

ついに来たか、とフィンたちはソファーから立ち上がった。

◆　◆　◆

フィンたちは侍女に連れられて廊下を進み、広々とした食堂へとやってきた。

壁際には数人の侍女が、飲み物の入ったピッチャーが載ったテーブルを前に静かに控えている。

十メートルはあろうかという長テーブルには、豪勢な料理が盛られた皿がこれでもかと敷き詰められていた。

「おお、来たか。さあ、座ってくれ」

席の端に座っている白髪交じりの金髪の男が、満面の笑みで席を勧める。

この国の国王、プロフ・オーガスタだ。

「オーランド様はこちらへ。フィン様は――」

部屋に案内してくれたのと同じ黒髪の侍女が、皆を席に案内する。

その際、なぜか一人一人の手を取り、席まで連れていっていた。

オーランドがプロフと向かい合う端の席。

フィンとメリル、ハミュンはそれぞれ横の席に座った。

「いや、突然呼び出してしまってすまなかった。わしも――」

「父上、まずは自己紹介が先かと」

プロフの斜め前に座っている藍色の髪の若い男が言う。見るからに利発そうな青年だ。

「おお、そうだった。ええと……おほん。わしはこの国の国王、プロフ・オーガスタだ！　……ふふ、こういう自己紹介というのも、なんだか楽しいな」

やたらとうきうきしているプロフに、フィンたちが愛想笑いを浮かべる。

もっとお堅い雰囲気の食事会を予想していたのだが、まるでご近所さん同士のお食事会のようなノリだ。プロフも、国王というよりはおしゃべり好きな近所のおじさんにしか見えない。

「父上」

「いや、すまんすまん。これが息子のウェイン、これが妻のウェズリル、そこのが娘のレイニーだ」

よろしく、と三人が会釈をする。

王妃ウェズリルは真っ白な肌と藍色の髪を持つ切れ長の目の女性で、どことなく知的な印象を受ける。年は四十半ばといったところだろうか。

王女レイニーはどこかほわほわした雰囲気の、長い金髪の人懐っこそうな顔の少女だ。確実に、父親似である。年は十六～十七歳といったところだろう。

「いやはや、急な呼び出しにもかかわらず、出向いてくれて嬉しいぞ。教会から報告を聞いて驚いてしまってな。これはぜひ、直接話を聞きたいと思ったのだ」

オーランドが深々と頭を下げる。

「陛下、かような席にお招きいただき、恐悦至極に存じます。どうぞ、いかようなことでも――」

「ああ、よいよい。かたっくるしいのは他国の外交官とのやり取りだけで十分だ。普段どおりに話してくれ」

「は、はい」

オーランドが表情を引きつらせながらも頷く。

ウェインとウェズリルは苦笑しているが、娘のレイニーはにこにこと楽しそうに微笑んでいる。

どうやら、これがいつもの彼の調子のようだ。

「それでだ、教会から報告があったんだが……ああ、食べながらでいいぞ。王家自慢の料理人が作ったご馳走だ。わしらも、めったにこんないいものは食べられないんだぞ。わはは」

そんななんとも軽いノリで、王族との食事会が始まった。


「ほほう、崖から落ちて祝福が発現したのか」

分厚いステーキをもりもりと頬張りながら、プロフがフィンを見る。

フィンは食事をしながら、先ほどから立て続けに飛んでくるプロフの質問に答え続けていた。内容は、祝福の性能と、それを今までどんなことに使ったかについてだ。

「普通はそんな祝福を手に入れたら、舞い上がってしまいそうなものだがな。今まで手をかけられなかった土地の領民のために、地域ごと改革しようとは……。いやはや、立派であるな。実に素晴らしい」

「ありがとうございます。貴族として、女神様から授かったこの力、領民のために最大限に活用できればと考えています」

「うむ。それでこそ我が国の貴族だ。王として、わしも誇らしいぞ」

「あの、フィン様」

レイニーがフィンに声をかける。

「フィン様には前世の記憶があると聞いているのですが」

「はい、祝福の発現と同時に、前世の記憶も思い出すことができました」

フィンが答えると、レイニーはぱっと表情を輝かせた。

「まあ！　前世の記憶があるなんて、すごく興味があります！　フィン様、ぜひお話を聞かせてくださいませ！」

「は、はい。ええと……前世では日本という場所で生活をしていまして――」

この世界に生まれ変わる前の生活を、なるべく面白おかしくなるように話して聞かせる。

自動車や電車といった乗り物の話をするとレイニーが食いついてきたので、質問されるがままに次々と答えた。

「そんな乗り物があるんですか！　私も乗ってみたいです。フィン様のお力で、それらを作ることはできないのですか？」

「鉄道に関しては、いずれ作れればとは考えています。何しろ山奥の村なので、なんとかして物と人の輸送を改善させないといけないので」

「まあ！　それは楽しみですね！　もし完成したら、私を一番に乗せてはいただけませんか？」

「は、はい。分かりました」

フィンが横目でハミュンを見る。

彼女は「大丈夫ですよ」とでもいうかのような表情でにこりと微笑んだ。王族と食事をしているという緊張で、笑顔が強張っていたが。

その後も主にフィンとレイニーの会話が続き、一時間ほどしてそろそろお開きに、という流れになった。

「いや、楽しい話を聞かせてもらった。しかし、そなたの祝福はすさまじい効果を持っているのだな」

プロフがナプキンで口を拭き、フィンを見やる。

「他人の祝福をA＋まで強化するという話だが、もともとA＋のわしを強化したらどうなるのか気になるな。ひとつ、試してみてはくれないか？」

「えっと……陛下に私の祝福をかける、ということでしょうか？」

「うむ。やってみてくれ」

「わ、分かりました」

「フィン様、お手を」

いつの間にかそばに寄ってきていた黒髪の侍女が、フィンの左手を取る。

フィンは内心首を傾げながらも席を立ち、そのままプロフのもとへと向かった。どういうわけか、プロフのもとに着いても侍女は手を放してくれない。

「それでは、失礼いたします」

「うむ」

フィンが恐るおそる、プロフに右手を向ける。

「……あれ？」

「む、どうかしたか？」

「い、いえ……いつもは、祝福をかけると体が青白く光るのですが」

「ミレイユ、わしの体に何か変化はあったか？」

プロフが侍女――ミレイユと呼ばれた女性に目を向ける。彼女は相変わらず、フィンの左手を握ったままだ。

「いいえ、なにも起きたようには見受けられませんでした」

「ふむ。もともとA＋の者には効果がない、ということかな？」

プロフが再びフィンに目を向ける。

「妻の祝福を強化してみてくれんか。あいつのはBだからな。もしかしたら効くかもしれん」

「分かりました」

ミレイユに手を取られて先導されるようなかたちで、フィンがウェズリルのもとへと向かう。

彼女に手をかざすと、その体が青白く光り輝いた。

「おお、光ったぞ」

「上手（うま）くいったみたいです。これで王妃様の祝福は、A＋になっているはずです」

「ウェズリル、どうだ。何か変わった感じはするか？」

プロフが期待のこもった視線を彼女に向ける。

「うーん、特に実感はないけれど……」

ウェズリルが目を細める。

「……あら、これはすごいわね」

「む、どうした？」

「ちょっとベランダに出てみてくださいな」

ウェズリルにうながされ、皆でベランダに出る。

「ほら、あそこを見てて」

彼女の指差す先には、深い森があった。距離にして、ここから約三、四キロメートルといったところだろうか。

皆が目を向けた次の瞬間、空から森に向かって滲み出すように、白く輝く光の柱が現れた。

皆、唖然としてその光景を食い入るように見つめる。

「お、おい、あれはまさか、雪か？」

プロフが光の柱を見つめたまま、ウェズリルに問う。

「ええ、そうよ。あの一帯にだけ粉雪を降らせてみたの。やろうと思えば、街全体を吹雪にすることだってできるわ」

「おお、それはすさまじいな。A＋になった、ということか」

「フィン様、私にもその祝福をかけてみてくださいませ！」

レイニーがフィンの間近に迫る。

ふわりとしたいい香りに、思わずフィンはどきりとしてしまった。

「は、はい」

フィンがレイニーに手をかざすと、彼女の体が青白く光り輝いた。

「もう終わったのですか？」

「はい、これでA＋になっているかと」

「ありがとうございますっ！」

レイニーが空を見上げ、少し目を細める。

次の瞬間、まるで滝のような土砂降りが全員を襲った。

目の前が見えなくなるほどの、体に当たる雨粒が痛いほどのすさまじい土砂降りだ。

「わあ、すごいです！　こんなに一気にたくさん――」

「ちょ、レイニー、やめろ！　やりすぎだ！」

ウェインがレイニーの肩を掴むと数秒して雨が止まり、もとの静かな夜が訪れた。

フィンたちは全員、びしょ濡れである。

「自分たちの真上に雨を降らせるやつがあるか！　ああもう、ずぶ濡れ……って、お前、街にまで降らせたのか!?」

遠目に見える街からは、突然の大雨に人々が大騒ぎしている喧騒が響いてきていた。ベランダの下の広場からも、巻き添えを食ってずぶ濡れになった侍女や兵士たちがこちらを見上げている。

「はい、街全体に雨を降らせてみました。ちょっとだけ、やりすぎちゃいましたね」

てへ、とレイニーが可愛らしく笑う。

ドレスは雨で濡れてしまい、肌に張り付いて少し透けてしまっている。まったく悪びれている様子がないので、どうやら天然のようだ。

「あのな、街にいきなり雨を降らせたら、みんなびっくりするだろ？　祝福を使うときは注意しろって、前から言ってるじゃないか」

「う……ご、ごめんなさい。私、嬉しくって……」

しゅんとした様子で肩を落とすレイニー。

それを見て、ウェインが慌てた顔になった。

「あ、いや、怒ってるわけじゃないんだ。兄さんもびっくりしちゃってな」

なんとか妹のご機嫌を取ろうと、ウェインがあれこれ話しかける。

「わはは！　まあ、よいではないか。こうして雨に濡れるというのも、たまには気持ちのいいものだぞ！」

「お父様……！　分かりました、もっと降らせますね！」

「あ、いや、もういい！　もういいから！　誰か、タオルを持ってきてくれ！」

「いいかい、レイニー。祝福っていうのは、もっと慎重に使わないといけないんだ。僕らのような王族は特にそうなんだからね」

「兄様……怒ってらっしゃるのですか？」

「いや、怒ってなんかないよ。ただ、僕はレイニーにちゃんとした祝福の使いかたを覚えてもらいたくてさ」

「うぅ、やっぱり怒ってます……」

「いやいや、怒ってないって。僕はレイニーのためを思ってだね――」

「……フィン、なんかさ」

小声で話しかけてくるメリルに、フィンが頷く。

「うん……変わった人たちだね……」

侍女たちが大慌てでタオルを運んでくるまでの間、そんなやり取りは続いたのだった。

第十話　未来への展望とトンデモ事案

プロフたちとの会食を終えたフィンは、本日二度目の入浴を済ませて客室へと戻ってきた。

フィンが部屋に入ると、オーランドがソファーに腰掛け、数枚の書類に目を通していた。

「兄さん、なにを読んでるんです？」

「お前たちの役に立つものだ。こっちに座れ」

オーランドに言われるがままフィンが彼の隣に座ると、オーランドは今読んでいた書類をフィンに差し出した。

「これは……『鉄インゴット納入要綱』？」

「ああ。隣領のウィンティス家と話をつけておいた。鉄のインゴットの大量買い付けの約束を取りつけておいたんだ」

「えっ!?　大量買い付け!?」

驚くフィンに、オーランドが頷く。

「うむ。数日後には、ライサンドロスへの第一便の納入が行われることになっている。ちょうど、俺たちがライサンドロスに戻る日あたりだな。エンゲリウムホイストに持って帰るといい」

「そんな、まだ改革は始まったばかりですよ？　いくらなんでも、先走りすぎじゃないですか？」

困惑顔のフィンに、オーランドは「いやいや」と首を振る。

「そんなことはない。材料の仕入れまでにはかなりの時間がかかるんだ。今から仕入れ契約をして安定的な供給元を確保しておかねば、事業を進めるにしても材料不足で作業が滞ることになってしまうぞ」

それに、とオーランドが付け加える。

「お前が伝書鳩で寄こした手紙にも、『将来的には鉄道建設のために大量の鉄と、金属加工関係の祝福を持った貴族が必要になる』と書いてあったからな。ロッサからも話は聞いたが、鉄道というものを作るのには途方もない量の鉄が必要になるのだろう？」

「え、ええ。とんでもない量が必要になるとは思いますが……その、お金は大丈夫なんですか？」

フィンの一番の心配はそこだった。ついこの間まで、ライサンダー家の財政は火の車だったはずだ。ライサンドロスの石炭採掘事業はまだ始まっていないし、銀や銅の採掘もまだである。現時点では、そこまで自由になるお金はないように思える。

心配するフィンに、オーランドが不敵な笑みを浮かべた。

「フィン、資源探知という祝福を舐めてもらっては困る。ライサンダー家が代々、どうして王都の隣接地域という好立地の土地を任されていたと思う？　たかだか周囲十メートルほどの範囲の資源しか探知できないにもかかわらず、我が家は大昔から領主をしていたんだぞ？」

「えっと……それだけ、国の発展に寄与できる祝福だから、ですよね？」

「そうだ。資源の場所が分かっていれば、あとはそこを掘るだけだ。水でも、金でも、石炭でも、そこにあると分かっていれば確実に掘り当てられる。無駄な採掘費用をかけずに、確実に資源を採取することができるんだ。しかも、フィンの祝福で俺の祝福を強化すれば、広大な範囲を探知できるから、埋蔵量まで正確に把握することも可能だ。前もって費用対効果を計算して、確実に儲かると判断してから採掘を始めることまでできるんだ」

オーランドにそう言われて、フィンは今さらながら、資源探知という祝福のすさまじさに戦慄を覚えた。

身近なところでいえば、エンゲリウム鉱石がいい例だ。ああいった鉱石を一度探し出してしまえば、途方もない額の金が長期間にわたって手に入ることになる。そういった鉱石だけではなく、原油、宝石、粘土といったものまでも、思いのままに掘り当てることができるのだ。

それが、オーランドを中心として半径三キロメートル、地中だろうが水中だろうが、どこにあっても分かる。こんなに便利な祝福は他にはない。

「今回の仕入れにあたって、それを取引材料に使ったんだよ。前回、フィンがライサンドロスを発って から、俺は馬を飛ばしてあちこち走り回ってな。祝福の強化が切れるまで、資源の場所と埋蔵量を片っ端から調べて回ったんだ」

「ライサンドロス以外の場所も、ということですか？」

「ああ。といっても、ライサンドロス以外は隣領のウィンティス家の土地の端だけだがな。あの領地は鉄鉱石が豊富だ。おそらく大口取引先になるだろうと思って、取引に使える埋蔵資源はないかと先回りして調査しておいた。案の定、お前から鉄が必要になると手紙が来たから、俺の予想は的中したというわけだな。調査した山の中に、大量の――」

いつになく饒舌なオーランドにフィンが圧倒されていると、メリルとハミュンが風呂から部屋に戻ってきた。

「あー、さっぱりした。まさか、あんな豪華なお風呂に一晩で二回も入れるなんて……ん？　二人して、なにを見てるの？」

「えっとね、オーランド兄さんが――」

先ほどまでの話を、フィンがかいつまんで二人に説明する。

「えっ。鉄を手配済みだなんて、さすがオーランド様！　フィン、やったじゃない！」

メリルが嬉しそうに、フィンの肩を叩く。

「これなら、あとは金属加工の祝福を持ってる人を登用すれば、すぐに鉄道でもなんでも作れるってことでしょ？」

「えっ！　ほ、ほんとですか!?　すぐに鉄道作りを始められるんですかっ!?」

メリルの言葉に、ハミュンの目の色が変わる。

「うん、その人たちが登用に応じてくれればだけど。兄さん、鍛冶職人のゴーガン・マーセリーさんに声をかけておいて欲しいって手紙に書きましたけど、どうですか？」

ゴーガン・マーセリーとは、ライサンドロスで古くから鍛冶屋を営んでいる家系の家長だ。

もう七十歳近い高齢ではあるのだが、鍛冶の腕は一級である。金属加工に関連した祝福を持ってはいるのだが、例のごとく効力が弱すぎて仕事に生かせるほどのものではない。

「ああ、手紙を貰ってから、すぐに行ってきた。だが、あまり反応がよくなくてな」

「は、反応がよくないって、断られちゃったんですか!?」

ハミュンが必死の形相でオーランドに詰め寄る。

「い、いや、今のところは保留ということになっているな」

「ほ、保留ですか……よかった、断られちゃったわけじゃないんですね」

ハミュンがほっと息をつく。

「うむ。だが、彼は自分の工房を出て、新しい土地で新たに、ということに抵抗があるようでな」

それを聞き、フィンが「ああ」と頷く。

「今まで自分が育ててきた工房を放って別の土地にって、そりゃ抵抗がありますよね」

「そうだな。まあ、俺もまだ一度しか出向いていないから、もう何度か足を運んで説得してみよう」

「あ、いえ、それなら僕が自分で行きますよ。やっぱり、責任者が頭を下げてお願いしないと」

「ふむ。確かに、そのほうが先方からの承諾も得やすいかもしれんな」

「ええ。ライサンドロスに戻ったら、すぐに行ってみましょう」

「オーランド様、作物の買い取りについては、何か進展はありましたか？　ロッサがあちこちに売り込みをするって、村を出ていくときに言っていたんですけど」

メリルが聞くと、オーランドはすぐに頷いた。

「ああ、それに関しては問題ない。いろんなところから、販売の時期が決まったらすぐに連絡を寄こしてくれと言われている。他領もだが、ライサンドロスの飲食業者からの問い合わせが、かなり来ているぞ」

「えっ、ライサンドロスの？」

「うむ。ロッサが、持ち帰った芋をあちこちに配ったんだが、皆が口をそろえて、『あんなに美味い芋は食べたことがない』と言っているらしい。俺も一つ食べたが、あれは本当に美味いな」

それを聞き、メリルが少し不満げな顔になる。

「むう。ロッサったら、自分の領地で宣伝してどうするのよ。外に売ってお金を稼がないと意味がないじゃない」

「いやいや、そんなことはないぞ。飲食店が活気づくということは、それだけ経済が活性化されるということだからな。外に売ることも確かに大事だが、ぜひライサンドロスにも作物は卸してやってくれ。美味い食べ物が増えれば領民も喜ぶだろうし、他領からそれ目当てに遊びに来る者も出てくるはずだ」

「メリル、大丈夫だよ。ライサンドロスで評判になれば、放っておいても他領の人たちの耳に入るだろうからさ。気長にやろうよ」

オーランドとフィンの言葉に、メリルも「それもそうか」と頷いた。

「ん、分かった。まあ、私たちは、ひたすら美味しい作物を作ることだけ考えてればいいってことね。誰も損しないし」

「うん、それでいいと思うよ。外への販路はロッサ兄さんに丸投げしちゃおう。ロッサ兄さん、顔がすごく広いみたいだし、きっと上手くやってくれるよ」

「ふふ、そうね。スノウさんのこともあるし、ものすごく頑張ってくれそう」

「ああ、ロッサの最近の働きぶりは目を見張るものがあるぞ。作物の宣伝もそうだが、人材集めについても、既に何人かの貴族に目星をつけて、内々の話という体でスカウトしているようだ。動機は不純だが、まあ、それでやる気が出るなら、よしとしておこうか」

三人の話に、ハミュンがにっこりと微笑む。

「恋の力ってやつですね！　村に帰ったら、スノウ様にロッサ様の頑張りを伝えてあげないと！」

「あら、ハミュンちゃん、ずいぶんと協力的じゃない。二人のこと、応援してるの？」

意外そうに言うメリルに、ハミュンが「えへへ」と笑う。

「だって、ロッサ様が頑張ってくれれば、それだけ早く鉄道が作れるってことですよね？　そのためなら、応援しない手はないですもん」

「うわ！　ここにも一人、動機が不純な娘がいたよっ」

茶化すメリルに、ハミュンが慌てた顔になる。

「えっ!?　ふ、不純じゃないですよ！　私の想いは純粋なんです！　あの村を、鉄道を使って国一番の街に作り変えるっていう立派な目標があるんですから！　ですよね、フィン様？」

話を振られ、フィンが頷く。

「う、うん。そうだね」

実のところ、フィンもロッサと大して動機は変わらないので、内心気まずく思いながら頷いた。

その後も、フィンたちはしばらくの間、大盛り上がりで話に興じたのだった。

その一方、ライサンドロスでは、ロッサが襲いくる謎のくしゃみと格闘しつつ、オーランドから丸投げされた雑務処理に忙殺されていたのだった。

◆

「さて……。どうだ、ミレイユ。フィン・ライサンダーの人間性は？」

さっぱりとした衣服に袖を通しながら、プロフがミレイユに声をかける。

「野心、出世欲、権力欲はほぼゼロといってよいかと。彼の中にあるのは、強い達成欲求と承認欲求です」

「ふむ……。あれほどの祝福を持ちながら、出世欲も野心もゼロか。承認欲求というのは、わしに対してのものか？」

「いいえ。あの場では、食事の席にいた赤髪の女性に向いていたように感じられました。陛下に対しては、まったくありません」

ミレイユは『欲望探知（B）』という、非常に珍しい祝福を持っている。

彼女は直接肌で触れた相手の欲望を把握することができ、触れている時間が長ければ長いほど、より詳細にその内容が分かるのだ。

彼女が祝福を持っているということ自体が秘密にされており、そのことを知っているのは、プロフを含めて数人だけだ。

国内では、彼女のような珍しい祝福を持つ者がごく稀(まれ)に生まれることがある。

そういった者は王家が極秘のうちに強制的に登用し、超好待遇にて王族に生涯仕えることになる。

フィンもその枠に入るはずではあるのだが、彼の場合は祝福の発現が大人になってからであり、知っている人間もすでに複数人いるとのことだった。なので、強制的に登用するとそのことが周知されてしまうので、プロフの判断で控えたのだ。

「雨に降られた後はどうだ？　レイニーがかなり、その……魅力的な姿になっていたと思うが」

「フィン様のお体を拭く際に確認しましたが、多少の性欲は確認できました。しかし、あの状況では普通、というよりもかなり控えめなほうであるかと」

「なんとも貞淑な男だな……。男に対して貞淑、というのはおかしな表現かもしれんが」

「節操のある、といった表現が正しいかと存じます」

「ああ、それだ、それ。で、どうだ？　レイニーをあやつのそばに置いてもみても大丈夫そうか？」

「そうですね、このままここで生活していくよりはよいのでは。エンゲリウムホイストのような山の中なら、そうそう他の貴族も訪れないでしょうし、よい社会勉強になるかと存じます」

「そうか。お前がそう言うのなら間違いないないな」

やれやれ、といったようにプロフが頷く。

レイニーを一言で表すならば、『疑い知らずの世間知らず』だ。跡継ぎのウェインが賢く元気に育ち、ほっとしていた折に生まれた娘の誕生に、国王夫妻は大喜びした。それこそ周囲が過剰と思うほどに、大切に大切にレイニーを育てた。

だが、あまりにも大切にしすぎて、過剰な箱入り娘として育ってしまったレイニーは、親から見ても「これはちょっと」と思えるほどに素直で世間知らずに育ってしまったのだ。

プロフたちが気づいたときにはすでに彼女は大人の女性へとなりつつあり、性格と考えかたの矯正はかなり難しい段階にあった。それに加えて王女ということもあって、あちこちから大貴族や他国の王族が婚姻目当てで面会を申し出てくる。

このままでは可愛い愛娘が腹黒いやつにころっと騙されかねないと懸念したプロフは、突如として降って湧いたフィンの存在に注目したのだ。

フィンは中堅貴族の三男坊。王家からすれば、非常に扱いやすい存在だ。もしフィンが人間的に申し分なければ、強力な祝福を持っていることもあり、半ば強制的に婚姻させて婿養子にしてしまおうとも考えた。

だが今、フィンは王都の隣の片田舎で村おこしをしているというではないか。

そこまで遠い距離ではないうえに、山だらけの地形に阻まれて、あまりほかの貴族や他国の王族が頻繁に訪れることも考えられない場所だ。娘の再教育にはちょうどよいかもしれない。

それで娘が安心して独り立ちできるくらいの常識を身につけたら、自分の意志で結婚相手を選ばせればいい。プロフはそう考えていた。王族とか貴族といったしがらみはどうでもいいから、とにかく娘に幸せになってもらいたい一心なのだ。

「よし、あいつに一度レイニーを預けてみるとするか。ミレイユ、すまんがしばらくの間、娘を頼んだぞ」

「かしこまりました。特別手当、期待しております」

「今でも相当な給金を取っているだろう……。どれだけ稼ぐつもりなんだ、お前は」

「お金はあって困りません。それに、お金は裏切りませんので」

「お前が言うとものすごく重く感じるな……。まあ、落胆させない程度の額は用意しておこう」

「ありがとうございます。王妃様とウェイン様には、すぐにお伝えしますか？」

「うむ。二人を呼んでくれ」

「かしこまりました。しかし、ウェイン様は反対されるかもしれませんね」

「あいつも、そろそろ妹離れさせせんといかんからな……。世間知らずになったのは、半分はあいつのせいでもあるんだ」

「いいえ、すべて陛下と王妃様のせいです。ウェイン様をお育てになられたのは、お二人なのですから」

「くっ、ぐうの音も出ない」

こうしてフィンたちの知らないところで、とんでもない話が密かに決定されてしまったのだった。

番外編　露天風呂を作ろう！

ある日の夜。

エンゲリウムホイスト村の片隅で、フィンは村の若い男たちを集めて、こっそりと温めていた秘密の計画を彼らに持ちかけていた。

「えっ、湯に浸かれる風呂ですか？」

フィンの打ち明けた計画に、男の一人が驚いた声を上げる。

「ええ。いずれ、専用の建屋を作って、ちゃんとした男女別のお風呂を作ろうとは思ってるんですけど、これなら今からでも簡単に作れるかなって思って」

フィンの計画はこうだ。

一、まず、ゴミ捨て場と称して人が数人入れるくらいの大きな穴を二つ掘る。
二、穴を掘り終わったら、深夜のうちに壁や地面に石を敷き詰めて足場を作り、水を流し込む。
三、焼けた石を大量に放り込んで湯を沸かす。
四、エヴァの祝福『水質改善』で水を綺麗にしてもらえば、温かい綺麗なお風呂の出来上がり。

「なるほど。エヴァ様の祝福があるから、水を溜めっぱなしにしても水が腐る心配はないですもんね。確かに、それなら上手くいきそうだ」

「湯に浸かる風呂なんてほとんどの人が入ったことないから、皆大喜びしそうですね」

名案だ、と男たちが頷く。

エヴァがいてくれるおかげで排水の心配をする必要はないので、ただ穴を掘って水を溜めることさえできれば、それだけでプールや浴場として長いこと使うことができるはずだ。

ただし、焼いた石を入れて湯を沸かすというのはかなりの手間と燃料を使うことになるはずなので、毎日沸かすというのは難しいだろう。

「でしょう？　特に女の人たちは大喜びすると思うんですよ。日頃の感謝を込めて、お風呂をプレゼントできたらなって思って」

「それはいいですね！　ぜひやりましょう！　いつから始めますか？」

男の一人が、前のめりで賛成する。

「お？　レオ、えらくやる気だな」

「リリアちゃん、きっと大喜びするぞ。男を上げるチャンスだもんな」

「ていうかさ、いいかげんプロポーズしてやれよ。いつまでもたついてたら、リリアちゃんかわいそうだぞ」

口々に言う男たちに、レオと呼ばれた男が照れ笑いをしながら頭を掻く。

リリアとは、レオとよく一緒にいる女性だ。二人とも年は二十歳ちょうどで、家は隣同士である。

二人ともすごく仲がいいな、という印象をフィンは持っていた。

「あ、レオさんとリリアさんって、やっぱり付き合ってたんですか」

「いえ、付き合ってるってわけじゃないんですけど……」

困ったように言うレオに、男たちが呆れた顔になる。

「こいつ、すっごいヘタレなんですよ。生まれてからずっと一緒にいるってのに、いまだにキスすらしてないって話だし」

「奥手にもほどがあるんだよ。傍から見たら夫婦同然なのに、いつまで先延ばしにするつもりなんだか」

「同じ男としてどうかと思うぞ。っていうか、リリアちゃん、俺が貰いたいくらいなんだけど。可愛いし、優しいし、面倒見はいいし、最高じゃんか」

「はあ、リリアちゃん、どうしてこいつにべったりなんだろ……。他の男にはまるで興味ないって感じだもんなぁ」

やいのやいの言う男たちに、レオが困った顔になる。

「い、いや。ずっと一緒にいるから、今さらどうこうするのって気恥ずかしくってさ……」

「バカ！　お互い爺さん婆さんになるまで、ずっとそうしてるつもりかよ！　男ならビシッと決めろ、ビシッと！」

「そ、そんなこと言ったたって……」

皆に責められてタジタジになっているレオを見て、フィンは「なるほど」と頷いた。

「それなら、この露天風呂計画はレオさんがリリアさんにプレゼントするために、僕に話を持ちかけたってことにしちゃいましょうか」

思いがけぬ提案に、レオがぎょっとした目をフィンに向ける。

「え、ええっ!?　いくらなんでも、それはさすがに……」

「いやいや、これはいい機会ですよ。レオさん、皆で協力しますから、ばっちりプロポーズを成功させてください！」

そう言い切るフィンに、男たちも「それはいい考えだ！」と盛り上がる。

「さすがフィン様！　レオ、よかったじゃんか！」

「露天風呂をプレゼントしてプロポーズすれば、リリアちゃんも絶対に喜ぶぞ！」

「あ、あわわ、えらいことになった……」

こうして急遽（きゅうきょ）、露天風呂設置計画は『レオのサプライズプロポーズ計画』に変更されてしまったのだった。

✦ ✦ ✦

翌朝。

フィンはいつものように皆を集めて、本日の作業の確認を始めた。

話がゴミ捨て場用の穴掘りに及ぶと、メリルやフィブリナたちが不思議そうな顔になった。

「フィン、ゴミ捨て場なら間に合ってるんじゃない？　それに、そこまでたくさんゴミが出るわけでもないんだし」

　メリルの意見に、フィブリナも頷く。

「そうよ。どうせ溜め込んだゴミは、次にロッサが来たときに肥料に変えてもらうんだし。それ用のゴミ捨て場はもう作ってあるじゃない。それで十分だと思うんだけど」

「いや、まあ、そうなんだけどさ。これから作物の生産量も増えることだし、生ゴミもたくさん出ると思うんだ。それに、新しい建物もどんどん作ることになるだろうから、建材のゴミも出ると思うし、今のうちから用意しておいたほうがいいかなって」

「うーん……それなら、別に急いで今から作ることはないんじゃないかしら？　森を切り開いたり、モルタル用の資材を採集したり、いろいろすることはあると思うんだけど」

「あー、えっと……そ、そう！　捨てるゴミを種類別に分けて、肥料の効果に差異が出るかも調べてみようと思ってさ！」

「え？　ゴミを分ける、ですか？」

　そばで聞いていたハミュンが小首を傾げる。

「うん。僕の前世の世界では、そういったことをやって肥料の種類を分けたりしててね。やってみようかなって」

　冷や汗だらだらで答えるフィン。そんなフィンを見て、メリルとフィブリナは困惑した様子で顔を見合わせている。

「なるほど！　作物ごとに、肥料を使い分けたりするってことですよね？」

「そうそう！　だからさ、若い男の人を中心に何人かに手伝ってもらおうと思って」

「あ、私も手伝いますよ！　いくつも穴を掘るんですよね？　皆で一斉にやったほうが、早く終わりますし」

「いやいや、僕と何人かいれば十分だからさ。ハミュンはその間、スノウさんのお手伝いをしてもらえるかな？　力仕事は、僕たち男でやるからさ」

「んー。そうですか、分かりました」

ハミュンが少し残念そうに頷く。

「でも、手伝いが必要だったら、すぐに言ってくださいね！」

「うん、ありがとう。まあ、穴を掘るだけだから、一日で終わると思うよ」

「なーんか、怪しいのよね……」

「なにか企んでる顔よね、あれ」

なんとか話がまとまってほっとしているフィンの傍らで、メリルとフィブリナは小声で話すのだった。

✦

✦

✦

その日の深夜。

領主邸の一室で横になっていたフィンは、静かに身を起こした。隣では、メリルとフィブリナが毛布に包まり、寝息を立てている。フィンたち三人はいつも同じ部屋で眠りについており、スノウとエヴァ、アドラスとハミュンが、それぞれ一緒の部屋で就寝するかたちになっていた。

「……よし、よく寝てるな」

そっと立ち上がったとき、ふと、メリルとフィブリナの顔に目が留まった。二人とも、静かに寝息を立てている。

「メリル、フィブリナ姉さん、いつも本当にありがとう。二人には、感謝してもしきれないよ」

思えば、フィンはこうして二人の寝顔をじっくりと見るのは初めてだった。

朝はいつも二人が先に起きて、朝食の支度が終わった頃に日替わりで交互にフィンを起こしに来てくれるのだ。

おはよう、と笑顔で起こしてくれる彼女たちの顔を朝見るたびに、毎回フィンはどきっとしてしまう。

「二人とも、本当に美人だよなぁ……。メリル、いつ見ても本当に可愛いな……っと、いけない、早く行かなきゃ」

ついつい、そんな独り言をつぶやいてしまってから、フィンはそっと部屋を出るのだった。

昼間に掘った穴の場所にフィンが行くと、すでに皆が松明を手に作業を始めていた。

こっそり川で集めておいた丸石を、穴の底や壁に敷き詰めている。

「皆さん、遅くなってすみません……お！　ずいぶん進んでますね！」

駆け寄るフィンに、皆が笑顔を向ける。

「ええ。レオがすごくやる気で」

「こいつ、とうとう腹括ったみたいで。リリアちゃんを驚かすんだって、えらく張り切ってるんですよ」

　レオが照れたように頭を掻く。

「へへ、皆にここまで応援してもらったら、俺も男を見せないとと思って」

「レオさん、その意気です！　さあ、夜明けまでに終わらせちゃいましょう！」

「あっ！　フィン様、あんまり大きな声を出しちゃダメですよ！　響きますから！」

「そ、そうでした。皆さん、静かに作業を進めましょう」

　そうして、フィンも皆に加わり、せっせと丸石を敷き詰め始めるのだった。


　そんな皆を、数十メートル離れた家の陰から覗き見る影が二つ。

「……フィンたち、なにをやってるのかな？」

　こっそり作業を覗き見ながら、メリルが目を細める。

「うーん……穴に何か入れてるみたいだけど、よく分からないわね」

　先ほどフィンが起き出したとき、実はメリルは眠っていなかったのだ。

　フィンの様子がいつもと違うことが気になって、心配で横になりながら彼の様子を窺っていた。

そして、フィンが部屋を抜け出してすぐに、フィブリナを起こして彼を追いかけたのだ。

「それにしても、メリル、よくフィンが夜に抜け出すって勘づいたわね」

作業を覗き見ながら、フィブリナがメリルに話しかける。

「うん。なんか、いつもと雰囲気が少し違ったから気になって、ずっと起きてたの。そしたら、案の定これよ。なにを企んでるんだか」

「ふふ。もしかして、フィンがどこかに行っちゃうんじゃないかって思ったとか？」

「……うん」

茶化すようなフィブリナの問いかけに、メリルが素直に頷く。

記憶の戻ったフィンが今までの彼と変わらないということは、メリルは頭では分かっているつもりだ。だが、言葉では言い表せない不安が胸の中にあった。

以前、山道で野営しているときにフィブリナに言われたような、『今まで自分の手元にいたのに、巣立っていってしまうような寂しさ』を感じているせいかもしれないと思う。

「大丈夫よ。フィンはフィンのままなんだから。勝手にどこかに行ったりなんてしないわ」

「そう……だよね。はあ、なんでこんなに不安に思っちゃうんだろ」

「メリルは、少し過保護すぎるんじゃない？　大丈夫、あなたを悲しませるようなこと、フィンは絶対しないわよ」

「う、うん」

「そういえば、私を起こしたとき顔が真っ赤だったけど、何かあったの？」

「え!? べ、別になにもないけどっ？」

慌てるメリルに、フィブリナが少し意地悪な顔になる。

「もしかして、寝てる間にフィンがいたずらしてきたとか？」

「フィンにそんな度胸があるわけないでしょ。学生時代に寮の部屋で二人きりだったときも、全然そんな気配すらなかったんだから。もしてきたとしても、引っ叩(ぱた)いてたと思うけど」

「へえ、そうなの。でも、今のフィンに押し倒されちゃったらどうする？」

「ど、どうするって、そりゃあ張り倒すに決まってるでしょ！」

「そうなの？ 私なら、そのまま受け入れちゃうけどなぁ」

「ちょ、ね、姉さん！ なにを言ってるのよっ!?」

「ふふ。別に、言葉どおりの意味だけど？」

その後も二人はしばらく、小声でそんなやり取りを続けたのだった。

✦

✦

✦

翌朝。

フィンは村の全員を集めて、完成したばかりの露天風呂の前にいた。

二つの風呂はすでに水で満たされており、その隣では焚(た)き火(び)の周りでたくさんの石が温められている。

「え、なにこれ!?　もしかして、お風呂!?」

露天風呂に目を向け、メリルが驚いた声を上げる。

「うん。実は夜のうちに、皆で協力して作ったんだ」

「ああ、なるほど。だから驚かせようと思って、夜中にこそこそやってたのね」

「えっ？　知ってたの？」

思わず口に出してしまったフィブリナが、慌てて自分の口を押さえる。それを見て、メリルが慌てた顔になった。

「あっ!?　ち、違うの！　その、えっと……よ、夜に起きたらフィンがいなかったから、どこ行ったのかなって思って、姉さんと一緒に外に出たら、皆と何かやってるのをちらっと見ただけ！」

「あ、そうだったんだ。よく声をかけてこなかったね」

「私たちも眠かったから、なんだろうって思いながら、そのまま部屋に戻っちゃったんだ。あはは」

誤魔化し笑いをするメリル。フィンは特に疑ったりせず、素直に納得した様子だ。

「私、全然気づきませんでした！　一日でお風呂を作っちゃうなんて、さすがフィン様です！」

ハミュンは大喜びで、露天風呂に駆け寄って水に手をつけた。

「あ、あれ？　水が冷たい」

「ハミュン、そこの焚き火で温めてある石を入れて、水を温めるんだよ。あと、水はエヴァさんの祝福で綺麗にしてもらわないと。エヴァさん、お願いします！」

「はい！」

エヴァが露天風呂に手をかざすと、水が青く光り輝いた。

ものの数秒で濁りが取り除かれ、透き通った美しいものに変化する。

皆から、おお、と歓声が上がった。

そこに、男たちが鍬を使って、焼けた石をいくつも放り込む。

ジュッという音とともに石が沈み、それを繰り返しているうちに、水面からだんだん湯気が立ち上り始めた。

「わあ！　スノウちゃん、お風呂だって！　お湯に肩まで浸かって温まれるんだよ!?」

エヴァが、隣のスノウの肩を揺する。

「これは嬉しいわね。それに、外でお湯に浸かれるなんて、すごく気持ちよさそう」

「だよね！　うわー、これ、夜に星空見ながら入ったら気持ちいいだろうなぁ！」

「あら、それもいいわね。ぜひ、使わせてもらいましょう」

エヴァもスノウも、嬉しそうに話している。他の女性たちも、口々に喜びの声を上げていた。

「フィン、やるじゃない！　たった一日でお風呂を作っちゃうなんて！　びっくりしたわ！」

嬉しそうなメリルに、フィンも笑顔になる。

「まあ、メリルの言うとおり、皆を驚かせるっていう目的もあるんだけど、本当の目的は別なんだ」

「本当の目的？　なにそれ？」

「リリアさん、こちらへどうぞ！」

「えっ？　わ、私ですか？」

急に名指しされたリリアが、きょとんとした顔になる。リリアは美しい金髪を背中の中ほどまで伸ばした、優しげな顔立ちの可愛らしい女性だ。フィンも改めて彼女を見て、これは確かに、皆の言うとおり可愛いな、と内心頷いた。

「レオさんも、こちらへ！」

「はい！」

フィンの呼びかけに、レオが皆の前に出る。リリアも戸惑った様子ながら、レオの前に立った。

「実はこのお風呂、レオさんがリリアさんのために考えたものなんです！」

「えっ!?　わ、私のために!?」

リリアが驚いた顔でレオを見る。

レオは照れくさそうな顔をしながらも、リリアに微笑んだ。

「うん。リリアが喜んでくれるかと思って、フィン様に相談して、皆に手伝ってもらったんだ」

「そんな……こんなに立派なもの、作るの大変だったでしょ？」

「うん。でも、リリアに喜んで欲しかったんだ。それに、どうしても言いたいことがあって」

「言いたいこと？」

リリアが小首を傾げる。レオは緊張した様子ながらも、真剣な表情を彼女に向けた。

皆、黙って二人を見つめる。

「その……今までずっと、はっきり言えなかったけど、今日はちゃんと言うよ。……リリア、小さい頃から、ずっと君のことが好きだった。これからも一生、リリアと一緒に過ごしていきたいんだ。

僕と結婚してくれないか」

飾り気もないストレートな愛の告白に、リリアの目が見開かれる。

皆が、固唾を飲んでリリアの返事を待つ。

「……遅いよ。ずっと、待ってたんだから」

「え？　じゃ、じゃあ！」

ぽつりとつぶやくように言ったリリアに、レオが緊張した声を上げる。

「うん。私も同じ気持ち。ありがとう。ずっと大事にしてね？」

少し涙目になりながら、リリアが答える。

皆から、わっと歓声が上がった。風呂作りに加わった男たちが彼に群がり、「よくやった！」とか「羨ましいぞ！」といった言葉を投げかけながら、頭を引っ叩いたり背中に張り手を食らわしたりと、やりたい放題だ。

「はぁ、よかった。上手くいった……」

ほっとした様子で息をつくフィン。

メリルが興奮した様子で、フィンの肩を揺する。

「フィン、すごいじゃない！　プロポーズのお手伝いなんて！」

メリルはまるで眩しいものでも見るかのように、皆に祝福されてもみくちゃになっているレオとリリアを見つめていた。

「うん。まあ、あの二人ならプロポーズは上手くいくとは思ってたけど、緊張したよ。本当に上手くいってよかった」

「皆の前でプロポーズなんて、なかなか勇気がいるわよね……いいなぁ、憧れちゃう」

フィブリナが嬉しそうにレオたちを見つめる。

「フィン様、お祝いをしないとですよ！　今から準備しないと！」

ハミュンがキラキラした瞳で、フィンを見る。

「だね！　せっかくだし、盛大に結婚式をしようか！　今日は一日作業は休みにして、式の準備をしよう！」

「わあ、いいですね！　あ、フィン様、お風呂はどうしますか？」

「せっかくだし、レオさんとリリアさんに一番風呂に入ってもらおうかな。周りは何かで囲って見えないようにしてさ」

「えっ!?　ふ、二人で一緒にってことですかっ!?」

ハミュンの言葉に、皆（主に男たち）が「おおっ！」と声を上げた。

レオもリリアも、ぎょっとした顔でフィンを見る。

「あ、いやいや。お風呂は二つ作ってあるしさ、それぞれ別々にってことで」

「そ、そうですよね。やだ、私ったら」

ハミュンが顔を赤くして、両手で頬（ほお）を押さえる。なんだ、という残念そうな声が、あちこちから響いた。

「まあ、夜もお風呂は使えるようにしておくから、その時にまた、二人で一緒にごゆっくり――」

「こら、フィン。おっさんみたいなこと言ってるんじゃないわよ。リリアさん、困ってるじゃない」

「フィン、その発言はちょっといただけないわね」

メリルとフィブリナに冷たい視線を向けられ、フィンがたじろぐ。

「えっ!? い、いや、そんなつもりで言ったわけじゃ……じゃ、じゃあ！ 早速準備に取りかかりましょうか！」

こうして、村人総出でレオとリリアの結婚式の準備に取りかかることになったのだった。

✦ ✦ ✦

その日の夜。

なんとか明日の結婚式開催の目途がつき、フィンは一人で露天風呂に浸かっていた。

結婚式会場は、村の中央にある広場だ。普段の村での結婚は、村の皆に結婚報告をして終了という簡素なもののことなのだが、今回は大々的に式を執り行うことになっている。

街での結婚式のやりかたと同じように、祝福の女神に愛を誓い合い、その後は宴会だ。

この村には教会が存在しないが、皆の希望でフィンが神父役をすることになった。驚異的な祝福を備え、祝福の女神に愛されているフィンならば、その役に相応しいというのが皆の意見だ。

「はあ、神父役なんて、上手くできるかな……」

フィンが首まで湯に浸かりながら、心配そうにぼやく。人前に出て話すことは、この村に来てから何度もしているので慣れているが、厳粛な儀式を進行することなど初めてだ。ましてや、この世界で結婚式に参列したことなど一度もない。スノウに式の進めかたを教えてもらってはいるのだが、ものすごく不安だ。

「フィン、湯加減はどう？」

目隠しの垂れ布の向こう側から、メリルの声が響く。

「あ、メリル。ちょうどいいよ。やっぱり、露天風呂は最高だね。メリルもこれから入るの？」

「うん。私で最後。他の皆は、もう入っちゃったみたい」

「そうなんだ。どうりで静かなわけだね。こっちも僕一人だよ」

「そうなんだ。貸し切りだね！」

隣の風呂から、するすると服を脱ぐ衣擦(きぬず)れの音が響く。ちゃぷん、とお湯に浸かる音とともに、「はぁー」とメリルが声を漏らした。

「はは、メリル、おっさんくさいよ」

「仕方ないでしょ。お湯に浸かるの、すごく気持ちいいんだもん」

顔でも洗っているのか、ばしゃばしゃと湯を叩(たた)く音がフィンの耳に届く。すぐ隣に裸のメリルがいるのかと考えると、かなりドキドキしてしまった。

「ああ、気持ちいいなぁ。これなら毎日入りたいくらい」

「そうだね。でも、お湯を沸かすのがすごく大変だからね……普通にお湯を沸かすよりたくさん薪(まき)を使うし、毎日っていうのはちょっと難しいかな」

「そうだよね……もしまた、エンゲリウム鉱石が見つかったら、このお風呂にも毎日入れるかな？」

「ああ、確かにエンゲリウム鉱石があればできそうだよね。オーランド兄さんが来てくれることがあったら、探してもらわないと」

そうして他愛（たわい）のない話をしながら、星空を眺めつつ、のんびり湯に浸かる。あれこれと話しているうちに、話題は自然と明日の結婚式のことになった。

「いいなぁ、結婚式かぁ。なんだか、憧れちゃうな」

「メリルは、結婚願望あるんだ？」

「んー、一応はね。家同士の政略結婚みたいなのは嫌だけど、本当に好きな人とならって感じかな。フィンはどうなの？」

「僕も同じかな……でも、自分がそうなるっていうのは、想像もつかないや。まだ十八歳だしさ」

「まだって、あなた前世の記憶もあるんでしょ？　前世で何年生きてたのか知らないけど、実質、ものすごく長く生きてるような感覚だったりするんじゃないの？」

「そんなことないよ。記憶があるっていうだけで、生きてきたっていう実感としてあるのはこっちの人生なんだから。前の人生がそのままつながってるわけじゃないしさ」

「……そっか、どういう感覚かよく分からないけど、そうなんだね」

少しほっとしたようなメリルの声が響く。

「……ねえ、フィン。背中流してあげよっか？」

「えっ、いいの？」

「えっ!?」

「ん？」

メリルの驚いた声に、フィンが小首を傾げる。

「あ、あなたのことだから、慌てて『な、何言ってるんだよ!?』とか言ってくると思ってたわ」

「なんだよ、からかっただけか。残念」

「くっ……フィンのくせに生意気よ！　せっかくからかってあげたんだから、もう少しドギマギしなさいよ！」

「な、なんだよ。その理不尽なキレかた」

それからもしばらくの間、二人は子供の頃の思い出話などをしながら、ゆっくりと露天風呂を満喫したのだった。

✦　✦　✦

次の日。

すっきりと晴れ渡った空の下、フィンは急遽作られた台座の上で、参列者の間を通って歩いてくるレオとリリアに目を向けていた。

二人とも、村の女性陣が夜なべして仕立ててくれた小綺麗な衣装に身を包み、リリアはスノウが作った可愛らしい花の冠を被(かぶ)っている。会場には様々な季節の花が咲き乱れていて、色鮮やかでとても美しい景観だ。

ゆっくりとフィンのもとに歩み寄る二人に、皆が次々にフラワーシャワーを浴びせながら、祝福の言葉を投げかける。

「わあ、リリアさん、すごく綺麗ですね！」

ハミュンがそれを眺めながら、とても嬉しそうにメリルに言う。

「いいなぁ。私もいつか、こんな結婚式したいな……」

「ハミュンちゃんが大人になる頃には、この村もすごく栄えてるだろうし、立派な結婚式ができるよ。きっと」

「ですね！　はあ、結婚かぁ……」

「ハミュンちゃんは、誰か好きな人はいるの？」

「え？　わ、私はその……えへへ」

「えっ、だれだれ？　教えてよ」

「ひ、秘密ですっ！　言えませんっ！」

「えー？　いいじゃない。ね、こっそり教えて！」

「だ、だからダメですって！」

二人がそんなやり取りをしている間に、レオとリリアがフィンの前にたどり着いた。

それまで大騒ぎしていた皆が口を閉ざし、辺りが静寂に包まれる。

「ただ今より、祝福の女神の名の下に、レオ、リリア両名の結婚式を執り行います」

フィンが、スノウに教えてもらったとおりの台詞を告げる。

今行っている結婚式の様式は、貴族同士の結婚で用いられるものだ。

祝福の女神の名の下に『永遠の愛』のみを誓う結婚式は、平民同士の結婚で行われるもの。

貴族の結婚の場合、それに加えて『世界の発展への寄与』を誓うことになる。

この村では貴族も平民も皆が平等に権利を持ち、力を合わせて進んでいきたい、というのがフィンの考えだった。そこで、フィンは結婚式の方式も一つに統一しようと皆に提案し、賛同を得ることができていた。

「レオ、リリア。これからも二人は永遠に互いを愛し、敬い、この世界の発展に尽力することを誓いますか?」

「「誓います」」

レオとリリアが声をそろえて、誓いの言葉を述べる。

その途端、参列者から歓声が上がり、盛大な拍手が湧き起こった。

「あ、皆さん、ちょっとお静かに!」

盛り上がる皆を、フィンが声を張り上げて制する。

なんだろう? といった顔をしている皆を前に、フィンは一つ咳ばらいをした。

「ええと、これは僕の前世の世界で行われていた結婚式での通例なんですけど……」

フィンが、レオとリリアに目を向ける。

「レオさん、リリアさん。誓いのキスをどうぞ!」

「はっ⁉」

「えっ⁉」

ぎょっとした顔をする二人だが、参列者からは「おおー！」と再び大きな歓声が沸き起こった。

「永遠の愛を誓うための、誓いのキスです。さあ、どうぞ！」

「ききき、キスですって！　メリル様、キスですよキス‼」

ハミュンは顔を赤くして、隣のメリルの肩を揺する。

「う、うん。す、すごいわね。こんな大勢の前で、キスさせるなんて……」

ハミュンとメリルがそんなことを言っている間にも、参列者は「キース！　キース！」と声をそろえて煽り立てる。レオとリリアは顔を真っ赤にしてたじろいでいたが、やがてレオが意を決して、リリアの両肩に手を添えた。リリアも腹を括り、レオを見上げる。

ちゅっ、とまるで小鳥が啄むようなキスが行われると、皆から盛大な歓声と、割れんばかりの拍手が湧き起こった。

「はあ……なんて素敵な結婚式なんだろ。ね、メリル様」

ハミュンがうっとりした顔で、赤くなっているレオとリリアを見つめる。

「……うん」

メリルはそんなハミュンの隣で、レオとリリアに満足そうに微笑んでいるフィンを、優しげな目でじっと見つめていた。

バフ持ち転生貴族の辺境領地開発記

2019年12月25日　初版第一刷発行

著者　すずの木くろ
発行者　三坂泰二
発行　株式会社KADOKAWA
〒102-8177　東京都千代田区富士見2-13-3
0570-002-001（ナビダイヤル）
印刷・製本　株式会社廣済堂
ISBN 978-4-04-065750-9 C0093

企画　株式会社フロンティアワークス
担当編集　平山雅史（株式会社フロンティアワークス）
ブックデザイン　Pic/kel（鈴木佳成）
デザインフォーマット　ragtime
イラスト　伍長

本シリーズは「小説家になろう」公式WEB雑誌『N-Star』（https://syosetu.com/license/n-star/）初出の作品を加筆の上書籍化したものです。

この作品はフィクションです。実在の人物・団体・事件・地名・名称等とは一切関係ありません。

ファンレター、作品のご感想をお待ちしています

宛先
〒102-0071　東京都千代田区富士見2-13-12
株式会社KADOKAWA　MFブックス編集部気付
「すずの木くろ先生」係　「伍長先生」係

二次元コードまたはURLをご利用の上
右記のパスワードを入力してアンケートにご協力ください。

https://kdq.jp/mfb

パスワード
muirr

● PC・スマートフォンにも対応しております（一部対応していない機種もございます）。
●お答えいただいた方全員に、作者が書き下ろした「こぼれ話」をプレゼント！
●サイトにアクセスする際や、登録・メール送信時にかかる通信費はご負担ください。

MFブックス既刊